Bramfelder Kulturladen (Hg.)

Heimat, Digga!
Jugendschreibwettbewerb // 2016

AF196320

Bramfelder Kulturladen (Hg.)
Konstantin Ulmer (Red.)

Heimat, Digga!

Jugendschreibwettbewerb // 2016

© 2016 Bramfelder Kulturladen

1. Auflage
Gestaltung: Bramfelder Kulturladen
Redaktion: Konstantin Ulmer

Verlag: tredition GmbH, Hamburg

ISBN (Paperback): 978-3-7345-3477-5

Bibliografische Information der Deutschen Nationalbibliothek:
Die Deutsche Nationalbibliothek verzeichnet diese Publikation in der Deutschen Nationalbibliografie; detaillierte bibliografische Daten sind im Internet über http://dnb.d-nb.de abrufbar.

Inhalt

Vorwort

Früher war alles besser. Selbstredend und sowieso.

Früher, als alles besser war, konnten die Jugendlichen zum Beispiel bändeweise klassische Lyrik rezitieren, auswendig natürlich. Vor dem Einschlafen haben sie Goethe gelesen. Und nach dem Aufstehen die Zeitung. Wenn der Politikteil ausgelesen und die Vollkornstulle aufgefrühstückt war, sind sie strebsam und pünktlich zur Schule gegangen. Haben dort fleißig mitgearbeitet. Und sobald sie wieder zu Hause waren, haben sie sich natürlich gleich an den Schreibtisch gesetzt, um erst Hausaufgaben zu machen und dann formvollendete Gedichte und Erzählungen zu schreiben. Freiwillig. So war das früher, als alles besser war.

Doch die Jugend von heute?

Die interessiert sich für nichts mehr. Liest nicht mehr. Und schreibt höchstens noch WhatsApp-Nachrichten. Aber einen literarischen Text? Das kann sie gar nicht, die Jugend von heute.

Oder etwa doch?

Der Bramfelder Kulturladen wollte die Probe machen. Ende 2015 haben wir deswegen einen Jugendschreibwettbewerb unter dem Motto »Heimat, Digga!« ins Leben gerufen. Berücksichtigt werden sollten alle Texte von Nachwuchsliteraten, die in Hamburg wohnen und den Altersklassen U18 (Jg. 1997-2000) und U14 (Jg. 2001 und jünger) zuzurechnen sind. Das Genre spielte dabei keine Rolle: Von Kurzgeschichte über Mini-Drama bis zum Rap-Text war alles willkommen. Und damit der Wettbewerb ins Rollen kommt, wollten wir Schreibworkshops in den umliegenden Schulen anbieten, für deren Leitung wir die Poetry Slammer*innen Bente Varlemann, Marco von Damghan und Fabian Navarro begeistern konnten. Das Projektgerüst stand also. Jetzt hieß es werben und warten. Einsendeschluss für die Beiträge war der 30. April 2016.

Anfang April waren ungefähr zehn Beiträge eingegangen. Magere Ausbeute. Zwei Wochen vor dem Fristende waren es dann fünfundzwanzig. Kleckerweise ging es weiter. Immerhin, aber immer noch etwas mager. Früher war halt doch alles besser.

Doch die Jugend von heute arbeitet offensichtlich genauso wie ihre Eltern: immer auf den letzten Drücker. Je näher der Einsendeschluss rückte, desto mehr Texte landeten in unserem digitalen Postkasten. Am letzten Tag der Frist ging um 23:56 Uhr der 115. ein. In Worten: der hundertfünfzehnte. Das war nicht mehr mager. Das war fett.

Fett war aber nicht nur die *Anzahl* der Texte. Die Jury, bestehend aus den Lektorinnen Helene Hillebrandt und Steffi Korda, dem Poetry Slammer David Friedrich und dem Autor Carsten Brandau, war begeistert von der Qualität der Texte, ihrer eigenen Sprache, ihrem Einfallsreichtum und ihrem souveränen Umgang mit schwierigen Themen.

Die besten 30 Einsendungen wurden Anfang Juni auf einer Preisverleihung ausgezeichnet und sind in diesem Band versammelt. Sie geben einen Eindruck davon, was Heimat für die Jugendlichen bedeutet. Die Vielfalt ist erstaunlich und vor allem erstaunlich klischeefrei. Überzeugen Sie sich selbst! Und geben Sie den Band gerne den ewiggestrigen Vereinfachern in die Hand, für die früher alles besser war und die meinen, entscheiden zu können, was Heimat für den Einzelnen, den Anderen bedeutet.

Danken möchten wir an dieser Stelle nicht nur den Teilnehmer*innen, den Workshopleiter*innen und den Juror*innen. Die Kooperation mit den Schulen lief hervorragend, weil engagierte Lehrer*innen von der Idee begeistert waren und den organisatorischen Aufwand gerne in Kauf nahmen. Dass wir die Workshops kostenfrei anbieten und den Wettbewerb professionell bewerben konnten, verdanken wir der Projektförderung durch die Stiftung Maritim Hermann & Milena Ebel sowie die SAGA GWG Stiftung Nachbarschaft. Sachpreise für die Preisverleihung stellten die Marktplatz Galerie Bramfeld, OTTO, die Buchhandlug Heymann, Ahoi Marie und Lockengelöt zur Verfügung.

Dr. Konstantin Ulmer // Brakula-Kulturlabor

U18

(Jahrgänge 1997-2000)

1. Platz in der Altersklasse U18

Théo Noël Severin

Die Ich,.

Ich war hier.

Ich war wieder zurück. Ich blickte an meinem liegenden Körper hinunter.

Alles war an seinem Platz.

Mein Schlafoberteil abstreifend hüpfte ich auf einem Bein vor den Spiegel. Ein strahlendes Gesicht, von roten Locken umrahmt, lachte mir entgegen. Für eine Weile starrte ich noch weiter verzückt in den Spiegel. Als ich mich endlich losreißen konnte, zog ich meinen Slip mit einem Schwung hinunter und legte ihn zu dem zusammengelegten Oberteil in den Wäschekorb. Mit meiner Linken wühlte ich in meiner Sockenschublade, mit meiner Rechten in den Hemden. Mit einem Ruck holte ich mein Lieblingshemd hervor, gefolgt von einem BH – die verdammte Schnalle klemmte schon wieder, ich werde die Teile wohl nie richtig zubekommen. Die Socken, die hellblauen aus der Frauenabteilung, passten wie angegossen. Das Hemd ließ ich über den Brüsten offen.

Nachdem ich mich fertig angezogen hatte drehte ich mich mit ausgestreckten Armen vor dem Spiegel. Eine Pirouette, dann ein Hair-Flip. Begeistert von meinem Outfit verließ ich den Spiegel. Ich schnappte meine Tasche, die ich wohl gestern Abend schon vorbereitet hatte, von meinem Schreibtischstuhl und tänzelte kichernd aus dem Zimmer.

Das Klingeln des Handyweckers riss mich aus dem Schlaf.
Schon wieder. Viel zu früh. Ich blickte an meinem liegenden Körper hinunter.

Da war es wieder, das Scheiß-Teil.

Ich kickte meine Decke auf die am Boden gestapelten Schulsachen und die Haufen von Dreckwäsche. Ein kurzer Blick aufs Handy verriet mir, dass ich noch 20 Minuten hatte um mich umzuziehen,

13

Sachen zu packen und zur Schule zu gehen – Frühstück musste heute wieder ausfallen. Warum sind Träume auch immer so kurz! Ich zog mich schnell an und schlurfte zur Tür. Das Badezimmer betrat ich nur, um auf Klo zu gehen. Als ich joggend an der Bushaltestelle ankam, schlossen sich gerade die Türen. Ich klopfte an die Scheibe. Der Busfahrer warf mir einen flüchtigen Blick zu und als er mich erkannte trat er auf die Bremse.

»Na, schon wieder zu spät?«

»Tut mir leid, du hast was gut bei mir.«

Ich setzte mich auf den letzten freien Platz in einer Vierergruppe. Die anderen Plätze belegten drei Mädchen ungefähr in meinem Alter. Die zwei vor mir trugen Winterschuhe, beide mit Pelz besetzt, die neben mir Stiefel, die ich schon oft im Schaufenster des Frauengeschäfts neben der Schule gesehen hatte. Alle drei trugen schwarze Hosen und dicke Jacken mit den typischen flauschigen Krägen. Ihre Frisuren konnte ich unter den Mützen und hinter den Krägen nicht erkennen.

Die Mädchen unterhielten sich über alles Mögliche: Die neue Folge *Steven Universe*, ihre neue Lieblingsband und den süßen Jungen, der im selben Edeka wie das Mädchen neben mir jobbte. Mein Handy war schon längst auf Standby. Vater schrieb mir eine Nachricht: HALLO bist du noch da?

Das Klingeln der Schulglocke war für alle eine Erlösung. Zwei Stunden Geschichte am Freitag. Alle saßen nur noch gespannt auf der Kante ihrer Stühle. Niemand schenkte der Lehrerin mehr Gehör. Nicht mal ein halbes Ohr. Es war für alle eine Erlösung – nur nicht für mich. Ich wollte noch nicht nachhause. Was sollte ich denn da machen? Es war noch viel zu früh zum Schlafen. Nicht mal eine Überdosis Valium hätte mich jetzt in die Federn bringen können. In meinem Zimmer konnte ich keinen ganzen Tag verbringen.

Ich schlenderte in dem Einkaufszentrum auf und ab. Irgendwann fasste ich mir ein Herz, durchbrach mein ewiges Pendeln und betrat die Drogerie. Ich ging zur erstbesten Verkäuferin.

»Sorry?«

»Mhhh…«

Sie hob den Kopf.

»Meine Mom meinte, ich soll ihr hier Nagellack kaufen. Wo ist der?«

Die Verkäuferin seufzte und legte ihre Nagelfeile beiseite. Sie zeigte mit ihrem halb-gefeilten Finger auf die hintere Ladenwand.

»Da hinten oder so.«

Ich wusste selbst wo der Nagellack war und das war auf jeden Fall nicht dort hinten. Das Regal war wie das Paradies. Alle Farben des Regenbogens und mindestens drei mehr. Ich begnügte mich mit Transparent.

›Ich habe es getan.‹

›Ich habe es endlich getan.‹

Es waren drei Kassen offen. Vor der Verkäuferin von eben standen die meisten. Über der Kasse hing eine Uhr. Wenn ich mich beeilt hätte, hätte ich den Bus noch bekommen – Die Schlange aber beeilte sich nicht. Warum musste ich ausgerechnet diese Verkäuferin aussuchen? Ich blickte nach rechts. Die Schlangen waren fast durch und auch nicht voller kleingeldbeladener Rentner. Die rechten Verkäuferinnen waren eben noch nicht da gewesen, die Wahrscheinlichkeit, dass sie das Gespräch mitgehört hatte war also verschwindend gering.

Ich wartete und wartete und wartete, doch die Menschenmenge bewegte sich nur im Schneckentempo voran. Die Kasse neben mir war jetzt leer, die Verkäuferin entspannt zurückgelegt. Noch zwei Minuten, dann kam der Bus. Wenn ich jetzt Kasse gewechselt hätte, dann hätte ich den Bus noch bekommen. Und wenn ich früher zuhause gewesen wäre, dann hätte ich auch früher-

Noch eine Minute.

Ich hätte es schaffen können.

Ich sah den Bus an dem Ladenfenster vorbeiziehen.

Als Beigabe zum Kauf gab sie den Rentnerinnen eine Nagelfeile. Als ich am Kopf der Schlange ankam nickte ich der Verkäuferin zu:

»Gefunden.«

Ich winkte mit dem Nagellack. Als Antwort hob sie den Scanner.

Piep!

»Das macht Drei-Fuffzig.«

Sie gab mir keine Nagelfeile. Ich fragte nicht – ich hatte Angst.

In dem Bus war es ruhiger als auf dem Hinweg. Diesmal hatte ich eine Insel für mich alleine. Vielleicht waren die drei Mädchen noch unterwegs nach der Schule, oder schon längst zurück, ich war ja etwas länger im Einkaufszentrum geblieben. Die Tüte von der Drogerie hielt ich zwischen meinen Knien umklammert. Die Konturen der Flasche konnte ich durch das kühle Plastik fühlen.

Der Bus hielt – noch eine Station. Die Türen öffneten sich. Zwei Passagiere stiegen ein und die Türen schlossen sich wieder. Ich drückte den *Bitte halten!*-Knopf. Der Bus fuhr los.

Die Haltestelle lag circa 500 Meter die Straße runter. Die letzten 150 joggte ich. Die letzten 20 rannte ich. Zwei Meter vor der Tür holte ich meine Schlüssel aus der Hosentasche. Vater hatte seinen von innen stecken lassen. Nach dreimaligem Klopfen öffnete er endlich.

»H-Hi.«

Am Ziel angekommen verließ mich all die Energie, die ich eben noch aufgebracht hatte.

In meinem Zimmer holte ich die Plastiktüte unter meinem T-Shirt hervor. Das angenehm kühle Plastik klebte an meiner schweiß-nassen Haut. Die Flasche legte ich unter mein Kopfkissen, die Tüte stopfte ich unter die Matratze. Nach zwei bewegungslosen Minuten auf meinem Bett überlegte ich es mir anders und stellte die Flasche in eine der Schreibtischschubladen.

Als ich durch die sich zischend öffnenden Türen des Kleidungsgeschäfts in die klimatisierte Luft trat, lief es mir kalt den Rücken hinunter. Ich hatte diese Tür schon oft durchschritten, doch immer ohne Tüte. Ich ging in die Umkleidekabine, die Paar Socken aus der Frauenabteilung unter den Arm geklemmt. Unterm Anderen trug ich ein Hemd, das erstbeste, das ich auf dem Weg gefunden hatte. Es blieb zusammengefaltet auf der Bank. Die Socken passten perfekt.

Ich fühlte mich wie Aschenputtel – Wenn auch etwas unromantischer als Glasschuhe.

Beim Hinausgehen gab ich der Mitarbeiterin das Hemd.

»Hat leider nicht gepasst. Zu groß.«

»Soll ich's dir eine Nummer kleiner bringen?«

»Keine Umstände! Das hol ich mir selbst.«

Ich legte das Paar Socken auf den Ladentisch. Die Verkäuferin sah mich schräg an.

»Sind für meine Mom.«

Dann begriff ich, dass es ihr um die geöffnete Verpackung ging.

»Sind in der Tasche aufgerissen.«

Ich war wieder hier.

Ich war endlich wieder zurück. Ich blickte an meinem stehenden Körper hinunter.

Alles war an seinem Platz.

Hellwach stand ich in der Küche. Mit jedem Hüpfer zum Takt der Musik wehte der Saum meines Schlafoberteils, meinen Slip entblößend. Die Waffeln brutzelten im Waffeleisen, während ich meine Erdbeeren auf der hölzernen, lackierten Anrichte schnitt. Mit der Sahne aus dem weißen Kühlschrank stellte ich alles auf die Küchentheke.

In Unterwäsche auf dem Barhocker sitzen, Pfannkuchen essen und meine nackten Füße zum Takt der Musik wippen – Alles fühlte sich richtig an, als ob es schon immer so gewesen wäre, seit meiner Geburt, als ob es alles so sein sollte. Ich blickte nach unten – Meine Hand zeichnete sich unter dem T-Shirt ab. Ich fuhr langsam meinen Bauch hinauf. Über den Bauchnabel, über die Sitzfalte, über die Kule unter dem Brustkorb, das Brustbein hoch. Mein Unterarm steckte nun fast vollständig unter dem himbeerfarbenen Shirt.

Sie waren so rund, so wohl geformt. Sie fühlten sich vertraut an und doch so schrecklich unwirklich. Mir war warm. Jedes sanfte Streichen kribbelte auf der Haut, auf meiner Haut, wie ein rinnender Regentropfen. Ich war erregt. Ich war wie ein Zwölfjähriger bei seiner ersten Erektion, wie jemand der zum ersten Mal die Schönheit seines Körpers entdeckt. Maniakalisch begann ich mit meinen Händen meinen Körper entlang zu fahren, wie um ihn festzuhalten und am Flüchten zu hindern. Von meinen Füßen hoch, die Oberschenkel entlang, über meinen heruntergezogenen Slip zu meinem Po. Die Haare zerzausend, über mein Gesicht wieder zu meinen Brüsten. Mein Atem wurde schneller, mein Herzschlag rasend. Ich spürte eine Hitze in mir aufkommen, wie ich sie so noch nie spüren konnte.

Das Klingeln des Handyweckers riss mich aus dem Schlaf.

Gerade wo's spannend wurde. Ich blickte an meinem liegenden Körper hinunter.

Da war er wieder, flach und kalt.

Schaudernd stapfte ich durch die Dreckwäsche. All die lodernde Hitze war weg. Ich fühlte mich wie ein rauchendes Streichholz im Dezemberneuschnee. Ich war müde. Mein Wecker klingelte seit dem Tag, an dem ich den Nagellack gekauft hatte zehn Minuten früher.

Erst entfernte ich den Lack von gestern. So wurde es mir im Girls-Point-Forum geraten.

jeden tag neu aftragen, sonst sieht.das iwie svhäbig aus:P

Ich schaffte es noch schlechter als sonst. Es lag aber nicht an der Schlaftrunkenheit oder der mangelnden Erfahrung, sondern an der besitzergreifenden Kälte die sich in mir breitgemacht hatte. Dies war nicht das Frösteln des Winters, sondern eine Kälte, die aus mir kam. Seit ich aufgestanden war, ließ sie mich nicht mehr los, machte mich rasend in meinem Käfig. Sie umklammerte mich wie eine Zwangsjacke, behinderte meine Bewegungsfreiheit, obwohl mein Körper sich noch frei zu bewegen wusste. Die Wände kamen immer näher. Die Luft. Immer. Dünner. Ich-

musste raus, raus aus diesem Gefängnis:

Ich schwang mich auf mein Fahrrad

und ich fuhr

und ich schrie

und ich fuhr vorbei an dem Bus den ich jeden Morgen nahm

und mit jedem Haus das ich hinter mich legte

und mit jedem verdutzten Gesicht das ich hinter mich legte spürte ich den Griff um mein Herz lockerer werden

Ich löste mich von meinem Fahrrad und ich schwebte neben meinem Körper die lange Straße durch das Maisfeld entlang.

Links bog ein Waldweg in das Gehölz. Ohne zu überlegen riss ich den Lenker herum. Der unebene Boden ließ das Fahrrad unkontrolliert schlingern, doch wie durch ein Wunder rauschte ich immer weiter durch das Unterholz – Den Weg hatte ich schon längst verlassen. Ich kam gar nicht auf die Idee zu bremsen und so passierte das Unabwendbare.

Ich spürte einen dumpfen, fast erstickt erstickenden Schmerz. Ich blieb noch lange bewegungslos liegen. Gesicht im Dreck und die blutenden Knie aneinandergepresst.

Mein Atem war zu hektisch um weiter zu schreien, doch trotzdem versuchte ich es erfolglos und dreckspuckend weiter.

Endlich beruhigt lag ich da, obgleich der Situation endlich frei. So frei, wie ich's nur war, wenn ich die war, die ich bin und sein wollte.

Mein gequält quietschendes Fahrrad schob ich, mich auf den Heimweg machend, zurück über die lange Straße, durch das Maisfeld entlang.

Ich trat durch die zischende Ladentür. Erste Station: Damenunterwäsche. Ich packte mir vier Unterhosen ein, zwei in meiner *eigentlichen* Größe, zwei Größere. Socken hatte ich schon. Aus dem nächsten Regal holte ich mir zwei Röcke – wie aus Mangas.

Mit meinem vollgepackten Korb ging ich zur Kasse. Die Verkäuferin sah mich schmunzelnd an.

»Welches Mädchen lässt denn ihren Freund für sich einkaufen?«
Ich überlegte kurz.
»Das ist für mich…«
Piep!
»Hast du 'ne Wette verloren?«
Piep! Piep! Piep!
Ich ging nicht auf ihren Kommentar ein.
Piep! Piep! Piep! Piep!

Piep!

Sie blickte von ihrer Arbeit hoch.

»Das macht dann 260 Euro und fünf Cent. Das ist ganz schön viel für eine Wette…«

Ich saß im Bus, die Tüte an meine Brust gedrückt. Der Duft der stark parfümierten Kleider erfüllte den ganzen Innenraum.

Es war vormittags, die Tür also geschlossen und niemand da. Auf dem Küchentisch lag ein Zettel.

Ruf an! Die Schule sagte, du wärst heute nicht da ge-

Ich ging die Treppe hoch in mein Zimmer. Es war dunkel, die Vorhänge noch immer geschlossen und durch die Unordnung auf dem Boden kaum ein Durchkommen zu finden. Mit meinem Fuß schob ich den Krempel vor dem Bett beiseite. Mit einem Ruck riss ich die Decke vom Bett, danach das fleckige Bettlaken. Ich breitete den Inhalt meiner Tüten auf der entblößten Matratze aus.

Ich blickte in den Spiegel. Was für ein lächerliches Geschöpf ich doch war? Die Männlichkeit stand mir förmlich ins Gesicht geschrieben. Was ist denn jemand, der nicht mal sein eigenes Sein akzeptieren kann? Was bleibt einem dann noch?

Ich riss mich vom Spiegel los, der lachenden Fratze im Glas. Ich zog mich aus und ging ins Badezimmer. Da stand er wieder im Spiegel, der Körper, den ich wie nichts sonst auf dieser Welt hasste. Von den unförmigen Füßen bis zu den Stoppeln im Gesicht. Dieser lächerlich große Penis – Schon lustig wie das Schicksal mit einem spielt. Der Körper starrte mich an. Ich wollte ihn bedecken, verstecken, aber ich hatte noch was zu erledigen.

Ich griff nach dem Rasierer. Von den Knöcheln bis zum Kinn säbelte ich alles ab. Als nächstes war eine Frisur dran. Mein langes Haar war zerzaust, ungepflegt und schon ewig nicht mehr geschnitten worden. Nach dem Schnitt griff ich nach einem Zopfgummi und fasste sie alle darin zusammen. Ich sah mich im Spiegel an.

Besser.

Ein Griff in Moms Schminkschublade später, sah ich mich im Spiegel. Vater hatte sie immer noch nicht ausgeräumt.

Gut.

Ich ging zurück in mein Zimmer. Beide Slips waren zu eng, der mit derselben Größe wie meine Boxer und auch der Größere. Ich zog die Engere an. Mit jedem Kleidungsstück, das ich anlegte, fühlte ich mich *richtiger*. Jedes Stück führte mich einen Schritt näher zu meiner Komplettiertheit.

Das Mädchen im Spiegel sah das Mädchen auf dem Bett an. Sie waren wunderschön. Ich war wunderschön, zumindest in meinen Augen. War wirklich ich das, oder war sie aus meinen Träumen gestiegen?

Ich hörte das Schlagen der Tür. Das Rumpeln auf der Treppe verriet mir, dass Vater meine Jacke und meine Schuhe unten liegen sehen hat. Er klopfte an die Tür.

»Bist du da?«

Ich wusste nicht ob ich antworten sollte, doch auch wenn ich nichts gesagt hätte, wäre er hineingekommen.

»Mhhh ja…«

Er öffnete die Tür.

»Die Schule hat angerufen. Warum warst du-
Wie siehst du denn aus?«

»Hallo?! Ich rede mit dir! Warum trägst du dieses Weiber-Zeugs?«

Ich starrte weiter in den Spiegel, nach der richtigen Antwort suchend.

»Hast du eine Wette verloren? Wo hast du das Zeugs überhaupt her?«

»Sohnemann, ich rede mit dir! Warum trägst du das?«

Ich sah ihn an. Er blickte mich entgeistert an.

›Es war keine Wette.‹

»Was? Ich kann dich nicht verstehen, wenn du so in dich reinnuschelst.«

»Es war keine Wette! Nichts dergleichen!«

Er sah mich verzweifelt an.

»Was ist denn mit meinem Jungen los? Rede mi-«

»Ich bin kein Junge!«, unterbrach ich ihn, »nicht mehr!«

21

»Ich warne dich, hör auf mit dem Scheiß! Seit wann bist du denn kein Junge mehr. Wer dir auch immer diese Flausen in den Kopf gesetzt hat kann mal was erleben.«

»Da gibt es keinen.«

Ich war langsam auch wütend geworden und stand ihm mit geballten Fäusten gegenüber.

»Ich bin kein Junge und jetzt raus hier!«

»Wenn deine Mutter noch hier wäre-«

»Ist sie aber nicht. Weggerannt ist sie von dir Arschloch.«

Er knallte die Tür hinter sich zu.

All die aufgestaute Wut und die Trauer über die Dummheit und Verbohrtheit Vaters brach auf einmal über mich zusammen. Tränen flossen schwarze Schlieren hinterlassend über mein Gesicht. Das Fundament meines Entschlusses brach zusammen und hinterließ den schluchzend am Boden liegenden Jungen. Das Mädchen im Spiegel verschwand in meine Träume, mich alleine zurücklassend. Ich musste ihr hinterher. Ich musste mich beeilen, bevor Vater zurückkehrte um mich festzuketten.

Ich schrieb einen dieser Abschlussbriefe, die nur jemand schreibt, der sich am Ende doch nicht umbringen kann und die auch niemand außer dem Verfasser liest. Er blieb auf meinem Schreibtisch liegen und beim Packen meiner Sachen ging er mir verloren. Vielleicht hat mein Vater ihn irgendwann gefunden – Er hat mich nicht angerufen –, vielleicht habe ich ihn auch ausversehen weggeschmissen.

Das Klingeln meines Handyweckers riss mich aus dem Schlaf.

Ein Morgen wie jeder Morgen. Ich blickte an meinem liegenden Körper hinunter.

Alles war an seinem Platz.

Ich ging zu meinem Schrank und holte einen BH hervor. Fertig angezogen ging ich in die Küche zum Frühstücken.

Ich hatte irgendeinen banalen Traum gehabt. Irgendetwas dummes über tanzende Bananen. Ich versuchte gar nicht erst mich daran zu erinnern. Die Erinnerungen begannen bereits wie Sand am Meer durch meine Finger zu rinnen.

Und selbst wenn, nur was auch in der Realität stattfindet behält an Relevanz.

Andrew »StaticleFish« Brazinski vor 3 Wochen
1.put on rainymood 10 hour loop at half volume 2.put on this at half volume 3.at 12:25 on this put on the original song at full volume 4.ENJOY! :D

Ricarda Heinz

Blau

Eins...zwei...drei, und ich rannte. Meine Mutter hinter mir drängte mich und meinen Bruder: »Weiter! Weiter! LOS WEITER!«, und wir gehorchten, ihre Stimme war unser Antrieb. Wenn sie schrie: »WEITER!«, dann rannten wir, wir rannten und rannten dann wieder, eins...zwei...drei...vier, »STOPP!« Ich wartete lauschend auf ihren Befehl, doch lange kam nichts, und ich dachte, es würde nichts mehr kommen, doch dann kam ein Flüstern, so leise, man könnte meinen, es wäre nur für meine Ohren bestimmt. »Weiter...«

Ich drehte mich um und sah sie, kauernd am Boden, Hände fest an die Ohren gedrückt, Augen weit aufgerissen, meine Mutter. Ohne zu zögern stieg sie wieder auf und rannte, sie riss mich und meinen Bruder an den Armen und wir taten es ihr gleich. Wir rannten, kein Flüstern mehr, kein Schreien mehr, nicht mal ein Wort, wir rannten, denn jetzt gab es kein Zurück mehr.

Und weiter...

Und irgendwann, das weiß ich noch, war es still, so still, der einzige Laut war unser unaufhaltsamer Atem, nur wir drei hier draußen. Wir hier atmend, atmend und schweigend. Die Stimme meines Bruders erschrak uns alle, die Stille wurde gebrochen, unsere Stille, die alles so schön verschlossen hatte, und er sagte: »Wir müssen weiter. Hier ist nichts!« Und eine Träne lief sein Gesicht herunter. »Wir müssen weiter.« Er wischte sie weg und es erinnerte mich an mein zu Hause: Nach großem Leid einfach weggewischt. Und wir verließen diesen Platz, diesen Platz des Nichts.

Und wie aus dem Nichts waren wir auf dem Meer, in einem Meer voll Menschen und es war eng, so eng, ich spürte jeden einzelnen Knochen neben mir, jeder Atemzug streifte mich und jedes Geräusch erreichte mich, es war beinahe so, als wäre ich der Mittelpunkt alles Leidens hier, der jede Träne, jeden Blick in sich aufnahm und in sich behielt. Und mich erreichte der Blick meiner Mutter, die gegenüber von mir eingequetscht wurde, sie schenkte mir und meinem Bruder ein Lächeln, doch es munterte uns nicht auf wie sonst immer, nein, denn wir sahen ihre Verzweiflung und ihr Leid deutlich in ihren Augen und das war das einzige, was uns erreichte.

Wir drei hatten Glück, und ich schäme mich es so auszudrücken, aber wir hatten es. Wir saßen ganz in der Mitte des Bootes und als die Strömung immer schneller und immer heftiger wurde und das Boot plötzlich versagte, gehörten wir nicht zu den Seelen, die in die Tiefe hinabstiegen, nein, wir blieben, doch ich fühlte mich trotzdem so als würde ich ertrinken. Ich kann mich noch genau erinnern, als ihre Augen mich trafen, blau und klar und Tränen in ihnen, sie war ganz am Rand und ich versuchte alles, um zu ihr zu kommen, doch es war zu spät und blau kam zu blau. Diese Nacht war schlimm, schlimmer als das tagelange Wandern durch die Wüste, diese Nacht war schlimm, weil wir so viele verloren und wir so viele waren, so viele Mütter und Väter, die nichts mehr wollten, als ihre Töchter und Söhne zu beschützen, und so viele Töchter und Söhne, die nichts anderes versuchten, als ihre Mütter und Väter zu beschützen, es war so viel Liebe, die hier verloren ging, und das war das Schlimme, so viel Leid, das weitergetragen wurde und wir alle hätten davon befreit werden können, doch das wurden wir nicht, und so blieben wir hier, Leid und Liebe geteilt. Ich mit der Erinnerung an dieses Blau, das weder Leid noch Liebe voneinander trennte.

Und als wir dann ankamen, Sand unter unseren nassen Füßen, fühlte ich mich so befreit. Ich nahm meine Mutter und meinen Bruder an die Hand und wir rannten, bloß weg von diesem Boot, bloß weg von diesem Boot, diesen Satz wiederholte ich die ganze Zeit innerlich. Bloß weg vom Meer. Vom Wasser. Von allem. Aber wir konnten nicht weg. Als ich gerade dabei war, den ersten Schritt zu machen, stoppte mich eine Frau, sie trug eine rote Weste und irgendwas sagte mir, dass sie wusste, dass wir hier ankommen, und das sah man ihr direkt an. Ihre helle Haut und ihre blonden Haare verrieten sie, aber am meisten ihre Haltung. Sie war niemand, der

Hilfe suchte, sie war jemand, der sie anbot. Und als sie uns drei in eine warme Decke einhüllte und uns per Handzeichen riet uns hinzusetzen, bestätigte sich mein Verdacht: Sie war keine von uns, sie war hier, um uns zu empfangen, weil wir es endlich erreicht hatten, Europa, unser Ziel, Italien, wie uns die Frau erzählte. Aber die ganze Zeit, während wir dort am Strand saßen und warteten, fragte ich mich nur eine Sache: Wäre diese Frau nicht in der Lage gewesen uns alle zu retten, uns alle, die wir auf dem Schiff waren, die, die starben, könnten gerettet werden, und die, die lebten, könnten verschont werden, verschont von diesen Bildern, mit denen wir alle zurückgeblieben waren. Und mit jedem Blick auf sie fragte ich mich aufs Neue, warum sie uns nicht half, aber ich verstand es nicht. Sie war auch nicht der Auslöser meiner Wut, sondern das alles hier. Aber ich war auch glücklich und ich wusste, das musste ich sein, denn ich war angekommen, meiner Mutter und meinem Bruder in den Armen liegend, alle drei eingekuschelt in diese Decke, endlich sicher vor den Strömungen da draußen. Meine Fragen verflogen und ich genoss nur noch den Moment hier draußen.

Die Frau kam wieder zu uns und sie trug ein Lächeln im Gesicht, das uns beruhigen sollte. Sie ging auf uns zu und sagte etwas, aber es war viel zu schnell es zu verstehen, also versuchte sie es nochmal langsam, sie sprach englisch: »You ...«, sie zeigte auf uns, »have PASSPORT?«, fragte sie und wir alle drei nickten. Sie machte eine Handbewegung, die so viel wie *geht weiter* bedeuten sollte, und wir taten es. Wir wussten zwar nicht, wohin, aber wir gingen einfach, immer noch die Decke um uns, die uns Schutz gab vor der Kälte.

Als wir in der Stadt ankamen, brachte uns die Decke nichts, denn vor den Blicken konnten wir uns nicht schützen. Ich schaute in diese europäischen Gesichter, manche lächelten uns an und machten Anstalten sich uns zu nähern, manche jedoch starrten uns an und ich wusste gar nicht, was ich mit diesen Ausdrücken anfangen sollte, sie starrten uns an, als hätten wir irgendwas falsch gemacht, auf das sie jetzt unglaublich sauer sind, ich wusste gar nicht, wie ich das deuten sollte. Also konzentrierte ich mich auf die anderen Gesichter und bemerkte, dass viele ganz schnell wegguckten, wenn sie uns sahen, so als ob sie bloß nicht von uns getroffen werden wollen. Ich entschied mich nur noch auf die lächelnden Gesichter zu achten und ich sah eine Familie, genau wie wir mit Koffern und Tüten bepackt und in eine Decke gehüllt. Sie sprachen anders als wir arabisch, aber wir verstanden uns trotzdem. Mit Händen und Füßen versuchten wir zu erklären, wer wir waren und woher wir kamen. Ich erfuhr, dass sie aus Syrien kamen, sie waren genau wie wir mit dem Schiff hier angekommen, sie erzählten uns, dass sie eine kleine Unterkunft gefunden hatten, wo es noch etwas Platz gab. Meine Mutter wusste erstmal nicht, was sie meinten, also blieben wir stehen, inmitten dieser Menschen die uns alle beobachteten, neun Geflüchtete hier in Sizilien zusammenstehend.

Plötzlich spürte ich eine Hand auf meiner, das Mädchen der Familie, sie hieß Reem, ergriff meine Hand und sagte in etwas gebrochenem Englisch: »Come…with me…safe…please come.« Und meine Mutter lächelte sie an, sie rief meinen Bruder und wir folgten ihnen.

Ich verstand mich gut mit Reem, sie war in meinem Alter und ihr englisch war so gut, dass wir uns verstehen konnten und das taten wir gut. Sie erzählte mir, dass ihr Vater vor dem Bürgerkrieg als Arzt eine eigene Praxis hatte. Jeden Tag kamen Menschen zu ihm, die seine Hilfe brauchten und er half ihnen so gut er konnte. Reem erzählte mir ganz begeistert davon, wie sie als Kind eine OP miterleben durfte. Ihre Augen funkelten, als sie mir davon erzählte, wie ihr Vater der einzige war, der dem Kranken helfen konnte. Sie erzählte mir davon, wie sie Tage später in der Praxis saß und ein Mann auf sie zu rollte, er saß im Rollstuhl, hinter ihm eine Frau, und als er Reem sah, lächelte er sie freundlich an. Zuerst erkannte sie ihn nicht, doch dann fiel es ihr wieder ein. Es war der Mann aus der OP und er sagte ihr, dass er, bevor er zu ihrem Vater gekommen war, keinen einzigen Arzt in ganz Latakia gefunden hatte, der ihn heilen und den er bezahlen konnte. Reems Vater war der einzige, der ihm half. Reems Vater, der jetzt vor mir ging, seinen kleinen Sohn auf einem Arm und einen Koffer an der Hand des anderen. Reems Vater, der als erstes auf uns zu kam, um uns zu helfen, selbst hier, weit weg von Zuhause, hat er seine Berufung nicht vergessen, er versuchte weiterhin dort zu helfen, wo er konnte.

Und ich war fasziniert von den Geschichten, die mir Reem über ihr Leben in Latakia erzählte, ihr Leben in Syrien oder, wie sie es nannte, im Diamant des Orients. In ihren Erzählungen sprach sie über ihr zu Hause wie über ein Paradies. Ein Satz blieb mir bis jetzt im Kopf: »Latakia war nicht nur mein Zuhause, es war der Ort, an den ich hingehörte und immer hingehört habe…und das wurde mir genommen.« Danach schwiegen wir und gingen unseren Familien hinterher. Wir gingen langen Straßen entlang, bogen um Ecken, stiegen kleine Berge hinauf und wieder hinab, und die ganze Zeit über ließ Reem meine Hand nicht los, sie klammerte sich an mich. So gingen wir weiter schweigend, Hand in Hand.

Nach einer Zeit kamen wir bei einem Haus an. Reems Mutter erzählte uns, dass sie die Leute, die dort wohnten, kannten, sie kannten sie aus Latakia. Ich war verwundert, denn das Haus vor mir war so groß und prächtig, ich konnte mir kaum vorstellen, dass eine Familie ganz allein dort drinnen lebte. Doch es war so. Als wir an der Tür klopften, öffnete ein Mann uns die Tür, er trug eine Schürze, auf seiner Nase war eine Brille, er war sehr alt, aber als er uns in Begleitung der Skeifs sah, strahlte sein Gesicht auf, er lächelte und bat uns herein. Er führte uns in die Küche, in der eine ebenso alte Frau stand. Als ihr Mann ihr etwas auf Italienisch zurief, drehte sie sich um und genau wie ihr Mann lächelte sie freundlich. Sie breitete ihre Arme aus und zog jeden einzelnen von uns in eine Umarmung. Camilla und Jacopo, so hießen der alte Mann und die Frau, zeigten uns ihr Haus, sie sagten, wir sollten uns erstmal duschen, nahmen unsere Sachen und verschwanden damit in irgendein Zimmer. Also taten wir es. Als ich in das Zimmer ging, das sie für meine Mutter, meinen Bruder und mich bereitgestellt hatten, sah ich auf dem Bett Klamotten liegen. Ich suchte erstmal nach meinen eigenen Klamotten, aber ich fand sie nicht. Plötzlich ertönte die Stimme meines Bruders: »Camilla meinte, sie wäscht unsere Klamotten, du sollst erstmal die hier anziehen.« Seit wir hier angekommen waren, waren das die ersten Worte, die ich von ihm gehört hatte. Mein Bruder war eigentlich immer ein sehr offener und lauter Mensch. Seit wir geflüchtet waren, war das nicht mehr so, er redete wenig, gab knappe Antworten und wich jeder Art Gespräch so gut es ging aus. Er schwieg nur noch, pausenlos schwieg er.

Ich zog mir die Sachen an, doch plötzlich hörte ich ein Schluchzen hinter mehr. Ich drehte mich um und schaute ihm ins Gesicht. Tränen liefen seine Wangen runter und als er meinen Blick bemerkte, wischte er sich die Tränen aus dem Gesicht und schaute schnell weg. Ich lief auf ihn zu und wir lagen uns in den Armen, hier in der Villa in Sizilien, weinend, nach unserer langen Reise.

Zwischen mir und meinem Bruder waren zwei Jahre Unterschied, er war 15, ich 17, demnächst wurde er 16. Ich weiß noch, wie er mir früher, als wir Nigeria lebten, erzählt hatte, wie er seinen Geburtstag feiern wollte. Oder wie er es nannte: »Sweet 16«. Er sprach von einem großen Fest, mit viel Musik und all seinen Freunden. Natürlich wusste er, dass das nicht klappen würde, aber er träumte trotzdem. Und das liebte ich an ihm: er träumte. Und als wir hier standen, Arm in Arm hoffte ich nur, dass er nach unser langen Reise nicht vergaß zu träumen.

Camillas Stimme rief uns nach unten an den Esstisch, und als wir in die Küche kamen, sahen wir sie mit meiner Mutter am Herd stehen. Meine Mutter trug ein Tuch auf dem Kopf, wie sie es immer tat, wenn sie kochte oder aus dem Haus ging. Einen kurzen Moment kam es mir so vor, als ob wir noch zu Hause waren. Reems Stimme unterbrach das, und ich wurde wieder zurück in die Realität gezogen, wo es kein zu Hause mehr gab und wo ich jetzt in einem anderen war. Wir setzten uns alle an den Tisch und man konnte das Knurren all unserer Bäuche hören. Seit wir bei der Ankunft einen Laib Brot und etwas Milch gekriegt hatten, hatten wir nichts mehr gegessen. Und als Jacopo den großen Topf auf den Tisch hievte, zögerten wir erst, aber Jacopos Blick ließ uns wissen, dass das nicht nötig war und so aßen wir und aßen. Ich weiß gar nicht mehr, wie das Gericht hieß, aber es war warm und Essen und dazu lecker, also zögerte ich nicht.

Abends, als ich im ersten warmen Bett seit Langem lag, wusste ich, dass dieser Zustand nicht lange anhalten würde, das warme Essen, die neuen Klamotten und dieses weiche Bett waren nicht von Dauer und das war mir klar, aber ich genoss es für den Moment, ich genoss es, so gut ich konnte und nutzte alles, was mir gegeben wurde. Das klingt gierig, aber ich konnte nicht anders. Mir war klar, in nächster Zeit würde es nicht so rosig sein wie hier bei Camilla und Jacopo. Ich kuschelte mich in das warme Bett und schlief ein, denn ich wusste, das war auch nicht von Dauer.

Es machte »rums…«, und dann wieder »…rums…«, meine Augen schlugen auf und ich sah eine Gestalt durch das Zimmer huschen, es war meine Mutter und sie packte, schon wieder, das Bild erinnerte mich an damals…

Etwas schüttelte mich und schrie »aufwachen, wacht endlich auf, WACHT AUF!!!« Und ich und mein Bruder sprangen gleichzeitig auf, wir waren so geschockt von der hohen Stimme meiner Mutter, wir schauten uns nur verwirrt an. Heute war nicht Sonntag, also keine Kirche. Heute war Mittwoch oder Dienstag, ich wusste es nicht, so dunkel war es. Das einzige, was diese Nacht erhellte, waren die Schreie, aus vielen konnte ich die Stimme meiner Mutter raushören. Sie wiederholte immer wieder: »Wir müssen weg! Wir müssen weg!«, wie in einer Schleife, die nie endete. Endlich realisierten wir beide, dass hier irgendwas nicht stimmte, wir zogen uns an und ich sah meinen Bruder an. »Hol unsere Jacken und Schuhe, wir gehen!«

Als er wegrannte, um diese zu holen, kramte ich alles zusammen, was ich zu greifen kriegte, und stopfte es in eine Tüte. Nebenan hörte ich meine Mutter, sie ging von einem Raum in den anderen und als sie rief: »LOS!«, standen mein Bruder und ich hinter ihr. Wir waren noch nicht bereit, das hier aufzugeben, das hier hinter und zu lassen, aber wir mussten, und das war uns allen klar und dann begannen wir zu rennen. Hinter mir hörte ich die ersten Schüsse, jetzt hatten sie uns erreicht, wir konnten nicht mehr zurück, nicht wenn wir leben wollten und das wollten wir, also liefen wir, wir rannten, wir sprinteten und wir weinten. Tränen für die Heimat, die uns genommen wurde.

»Keziah?« Die Stimme meiner Mutter holte mich wieder ins Jetzt und ich vergaß so schnell wie möglich, woran ich eben gedacht hatte. Es musste weitergehen und das ging nicht, wenn ich an all das Vergangene dachte. »Wir müssen los, Reems Mutter hat mir erzählt dass sie auch weiter wollen, sie haben einen Weg nach Deutschland gefunden, ein sicheres Land. Wir können...nein, wir müssen mit. Dafür habe ich gespart. Dafür habe ich gesammelt..« Also packten wir alle drei unsere Sachen, immer noch in diesem Zimmer, deren Schutz nur noch ein paar Minuten andauern würde und ich fürchtete mich davor, aus der Wärme hier in die Kälte dort wieder rauszutreten.

Trotzdem taten wir es. In Licita angekommen, brachten uns Jacopo und Camilla rüber von Messina in eine Stadt, die ich nicht aussprechen konnte. Und plötzlich, nach Tagen, die wir eingequetscht in diesem Auto verbracht haben, kamen wir in Rom an. Die Stadt war schön sicher, aber wir wollten weiter, wir mussten es. Wir wurden noch zum Bahnhof gebracht und dann verabschiedeten wir uns von dem alten Ehepaar, dem alten Ehepaar, das eine Gruppe Geflüchteter durch das ganze Land gefahren hatte nur um ihnen zu helfen. Dem alten Ehepaar, das einer Gruppe von Menschen geholfen hatte, die sie nicht einmal kannten, und das mit so viel Liebe und Mitgefühl. Ich konnte mir nicht erklären, warum, und das war auch nicht nötig. Ich schloss die beiden fest in die Arme und versuchte ihnen wenigstens ein kleines bisschen der Liebe abzugeben, die sie mir gegeben hatten, und ich drückte sie so fest ich nur konnte, um sie wissen zu lassen, wie dankbar ich war. Und dann nach endlosen Tränen, Umarmungen und Küssen sah ich, wie Camilla und Jacopo durch das große Tor des Bahnhofs gingen und dann waren sie weg, aber dankbar würde ich ihnen immer sein.

Als wir am Fahrkartenautomat standen, lachte ich los. Es war wie ein Witz, die wochenlange Flucht aus unserem Dorf in der Nähe Kanos, unser zu Hause, unsere Heimat, rüber nach Niger, immer noch in Furcht vor ihnen, denn in Sicherheit waren wir lange nicht, weiter bis Libyen, wo wir aufgehalten wurden, uns wurde gesagt, wir wären von zu weit her gekommen, wir würden nicht nach Europa reinkommen, es wäre nicht gefährlich genug, wir hätten in ein Nachbarland flüchten können, aber wir drei wussten, dass es da weniger sicher war und wir dort nie länger als ein paar Jahre überleben würden. Darum wollten wir nach Europa, wir wollten leben, also gingen wir weiter bis nach Tunesien, bis zum Meer und dort gaben wir alles, unser letztes Geld, unseren kleinsten Besitz, das winzigste Stück Etwas, das wir besaßen, um bloß rüberzukommen. Und jetzt mussten wir nur noch ein Ticket lösen, um weiterzukommen, ein winzig kleines Ticket, ich musste so lachen, ich konnte nicht mehr aufhören. Nach unserer langen, schweren Reise mussten wir nur noch ein Ticket lösen, um unser Ziel zu erreichen.

Die Zugfahrt war zwar lang, doch wir mussten keinen einzigen Schritt tätigen, um nach Deutschland zu kommen, kein einzigen Schritt, um dahin zu kommen. Ich genoss die Bequemlichkeit Europas so sehr, ich bewegte mich nicht mal mehr aus dem Sitz raus und alle taten es mir gleich. Ich sah Menschen hier im Abteil sitzen, die so viel hinter sich hatten, sie konnten nicht mal mehr den kleinen Finger bewegen. Menschen, die so viel gesehen hatten, sie schlossen die ganze Fahrt über nur noch ihre Augen. Menschen, die so viel erlebt hatten, kein Laut kam mehr von ihnen und das ging die ganze Fahrt über so weiter.

Wir alle, die hier saßen, in einem Abteil voller Menschen, wurden endlich mit unseren Gedanken alleine gelassen, es war endlich ruhig, wir waren weit weg von Problemen. Ich bemerkte, dass es hier in Europa ganz ruhig war und mit einem Blick auf meinen Bruder wusste ich, er fühlte genauso, darüber waren wir weniger glücklich, sondern erstaunt. Wir hatten nur das Meer überquert und auf einmal war alles so ruhig.

In Österreich angekommen, mussten wir in ein kleineren Zug umsteigen, uns erwarteten Menschen wie Camilla und Jacopo, mit offenen Armen und viel Hilfe, wir bekamen Essen, viel zu trinken, Decken, Klamotten, alles Mögliche für unsere Weitereise, die nur ein paar Stunden dauerte. Und nach den Umarmungen dieser neuen Menschen stiegen wir in den nächsten Zug ein, wieder mussten wir keinen einzigen Schritt machen, um weiterzukommen. Meine Mutter schaute mich an: »Es ist anders…ich weiß, aber hier haben die Menschen einfach mehr Geld…das ist komisch.« Und sie nahm die

Hand meines Bruders und meine und wir stiegen gemeinsam in den Zug ein, hoffentlich den letzten unserer Reise.

Die ganze Reise über ließ meine Mutter unsere Hände nicht los, sie wusste, das war die letzte Etappe unserer Reise. Diejenige, die entscheiden würde, ob wir bleiben oder zurück mussten, und als ich daran dachte, dass wir vielleicht zurück geschickt würden, wusste ich gar nicht, wohin. Die ganze Reise über hielt ich Nigeria für mein zu Hause, meine Heimat im Dorf nahe Kano, das war mein zu Hause, oder? Ich kam daher, ich bin dort aufgewachsen, dort war mein Platz, aber es war nicht mehr mein zu Hause, ich konnte nicht mehr dahin zurück und ich fragte mich, ob es überhaupt jemals mein zu Hause gewesen war. Ich wusste gar nicht, ob das jemals meine Heimat war, nur weil dort einmal das Haus, in dem ich lebte, stand. Meine Heimat war nirgendwo und überall, in den Zügen, in denen ich bis nach Deutschland kam, in dem Haus von Camilla und Jacopo und auch in meinem alten zu Hause, denn an diesen Orten hatte ich mich wohlgefühlt, an diesen Orten war ich sicher und behütet. Diese Orte waren von Wärme umhüllt gewesen, und eigentlich waren es gar keine Orte, es waren Menschen, die mir dieses Gefühl gaben, Menschen, die mich mit offenen Armen an den Bahnhöfen dieser Welt empfangen, die Menschen, die mir auf meiner langen Reise Unterkunft und Schutz gaben, und die Menschen, die mich begleitet haben, die immer an meiner Seite waren, ohne die ich nicht konnte. Dort bei den Menschen, die mir Wärme gaben, die mich liebten, die ich liebte, dort bei ihnen war meine Heimat und überall dort, wohin sie mich begleiten oder wo immer ich sie auch traf, dort war mein zu Hause. Meine Heimat liegt inmitten meines Herzens und ich trage sie weiter, die Liebe trage ich immer weiter. Bis nach Deutschland, unser nächstes Ziel, mein nächstes Zuhause, meine nächste Heimat, denn dort würde ich mit meinem Bruder und meiner Mutter zusammenleben, hoffentlich nahe bei Reem und ihrer Familie, in ewigem Kontakt zu Camilla und ihrer Familie, in Gedanken an die Menschen, die mir halfen. Und die Liebe zu ihnen allen würde meine neue Heimat bestimmen. Und all die Menschen, die ich verlor durch die Bomben und das Stück Heimat, dass mir durch die Boko Haram genommen wurde. Ich schaute zurück und nach vorne. So viel Liebe hat mich mein ganzes Leben umgeben, dass ich den Hass und die Wut für jetzt, für einen kleinen Augenblick, vergaß.

Meine Mutter nannte meinen Bruder Uchenna, Gottes Segen und Gottes Liebe, und mich Keziah, nach Kezia, der Tochter des Propheten Hiob, die Zweitgeborene, die Zimtblüte, die ihm, nachdem er gesund geworden war, geschenkt wurde. Und ich war mir sicher, dass wir bald wieder gesund werden würden, solange wir unsere Liebe behielten.

3. Platz in der Altersklasse U18

Anna Leah Bolln

Dann laufe ich

Es klopft, es lebt, es schreit.
Nach all den Worten, die es nicht sagen kann.
Dort fängt es an.
Beim Klopfen, beim Leben, beim Schrei nach mehr.
Einsteigen, losfliegen.
Landen, aussteigen.
Es spürt Freiheit. Einen Hauch von Luft.
Die Hülle weiß, wo das Ende hinläuft, der Anfang hat Gewissheit.
Doch schlägt es noch, wenn die Teile entlaufen?

Ich sitze da und starre aus dem Fenster. Unter mir kann ich kleine Lichter von Autos erkennen, die von hier oben so langsam fahren, als hätten sie alle Zeit der Welt.

Ich glaube, man verliert das Zeitgefühl, wenn man sich wohlfühlt. Es läuft einfach weg und holt einen ein paar Stunden später wieder ein. Es ist, als würde dieses Gefühl von Geborgenheit einen einfach nicht altern lassen, obwohl immer noch Zeit vergeht. Getrennt von dem Paralleluniversum, das immer wieder versucht, unser Glück zu bombardieren.

Wenige Minuten später bin ich auf englischem Boden.

Ich rieche die vertraute Luft. Es ist kalt. Ich höre die Worte, eine andere Sprache und doch die gleiche. Der Akzent so schwer, dass ich lächeln muss. Überall kurze Hosen, getragen von Menschen, die genug englisches Blut haben, um nicht zu erfrieren.

Ich denke an zu Hause. Ein Teil hier, ein Teil da. Ein Teil verloren an all die Orte, die ich noch nicht kenne.

Ich schaue mich um. Die Köpfe der Menschen um mich herum verschwimmen zu einem Meer aus Emotionen. Vorfreude, Ungeduld. Angst.

Ein Fremdkörper.
Ein eingeengter Geist inmitten von nistenden Einheimischen.
Umgeben von Andersdenkenden, nur eine Verbindung bleibt.
Eine Brücke von Generationen.
Ein Gesang alter Formen.

Ich bin angekommen.
Mein Herz klopft, es lebt, es schreit.
Und dann laufe ich.

4. Platz in der Altersklasse U18

Pegah Monir

Machst mich verrückt

Wärst du denn immer noch meins, wenn nicht mehr alles wär' wie einst?

Ich liebe dich. Doch was liebe ich?

Wer bist du? Wo bist du? Was bist du?

Ich glaub es wär nicht halb so cool, wenn family und friends woanders wär'n.

Dann wärst du nur ein Ort, so wie all' die ander'n Orte auch. Also bist du gar kein Ort? Bist du ein Mensch? Bist du mehrere Menschen? Oder bist du vielleicht doch einfach nur das Gefühl vom Duft von Ghormeh Sabzi ...? Wenn du verstehst, was ich meine. Falls du dich überhaupt angesprochen fühlst, du, du unbeschreibliches Ding, du.

Machst mich verrückt. Lässt mich immer Sehnsucht nach dir haben.

Und doch bist du immer da.

Ich denke, du bist nur eine Illusion. Du teilst die Menschen in Gruppen auf, in denen sie vielleicht gar nicht sein wollen ... wobei ... du bist doch der, den man ... dich kann man doch selbst aussuchen. Oder etwa nicht?

Ich zweifle an dir, an der Notwendigkeit deiner Existenz. Die ganze Welt ist doch mein Zuhause. Vielleicht bist du auch einfach das, was meinen Charakter prägt, ein Überbegriff für alle Einflüsse auf meine Person. Also wäre es ja unnötig nach dir zu suchen ...

Ach ... ich geb's auf ...

Heimat digga, ich komm nicht auf dich klar ...

5. Platz in der Altersklasse U18

Modou Touray

Im Bus

Ich saß im Bus.
Vor mir eine Frau.
Ihre Miene? Rau.

Sie sah mich an,
Denn ich komm nicht von hier.
Ja, in Deutschland trinkt man sein Bier.

Als Ausländer hat man
Es meistens nicht leicht.
Egal, ob schwarz oder weiß.
Man fühlt sich zwar willkommen,
Ist aber nicht wirklich angenommen.

Was muss man machen, um Deutscher zu sein?
Vielleicht ist es Pünktlichkeit
Oder ein Pass?
Vielleicht eine Weißwurst mit Senf?
Doch bleibt man hier fremd.

Ich bemerkte: die Frau
War selber nicht deutsch.
Sie sprach in ihr Telefon
In einem völlig fremden Ton.

Ich grinste
In mich hinein.
Dachte, wir beide kommen nicht von hier!
Konnte das sein?

Serdar Asci

Blick von der Terrasse

Eine schöne Aussicht. Beruhigende Stille. Im Hintergrund Berge. Davor ein großer See. Gegenüber kleine Häuser, dahinter eine Moschee mit langem Minarett. Rechts davon die Häuser unserer Familie. Nachts die Geräusche der Tiere. Das alles ändert sich seit Jahren nicht – wie gut.

Timo Bemmer

Rückkehr

GANZ SCHÖN HOCH, bemerkte Tod, seinen Schädel über den Abgrund ragend. Der Wind pfiff durch die Löcher in seinem Kopf.

»Stimmt«, stimmte Jim ihm zu. Er blickte auch über den Rand des Gebäudes. Seine schwarzen Haare wehten wie die Robe des Sensenmanns. Er war an seiner Seite gewesen, seit Jim den Entschluss gefasst hatte. Dieser stellte, seine Fäuste ballend, einen Fuß auf das Geländer des Daches.

BIST DU SICHER, DASS DU DAS TUN WILLST?, fragte Tod, keine bestimmte Emotion in seiner Stimme auszumachen. Trotz des starken Windes konnte Jim ihn genau verstehen, als würden seine Worte einfach in seinem Kopf erscheinen, ohne den Umweg über den Schall machen zu müssen.

»Ziemlich.«

ZIEMLICH, wiederholte der Sensenmann. Sein Erscheinen hatte James verwundert, eigentlich glaubte er nicht an so etwas esoterisches wie einen personifizierten Tod.

HAST DU ES DIR AUCH GUT ÜBERLEGT? Dass ihn sein Tod begleiten würde, hatte Jim das Überlegen abgenommen. Er dachte, dass der Sensenmann bestimmt nicht persönlich für jemanden erscheint, der sich doch nicht umbringt.

Umbringen.

Das Wort brachte Jim zum Schlucken. Er hatte es noch nie beim Namen genannt. Als sein unerwarteter Wegbegleiter plötzlich neben seinem dunklen Schreibtisch auftauchte, hatte er sich direkt auf den Weg zum Krankenhaus gemacht. Jim hatte es für ironisch gehalten sich von dem Dach des Gebäudes zu stürzen, in dem er geboren worden war. Er musste grinsen. Der Gedanke des Todes hatte ihm alle Ernsthaftigkeit geraubt. Es hatte keinen Sinn jetzt noch zu schmollen. Bald wäre es vorbei.

DU HAST NICHT EINMAL EINEN BRIEF GESCHRIEBEN. Jim hielt inne. Doch hatte er. Ungefähr zwei Dutzend. Sie lagen zerknüllt neben seinem Schreibtisch im Papierkorb. Er hatte keinen zustande gebracht, den er mochte. Vor allem wusste er nicht, an wen er ihn adressieren sollte. Er hatte an den Verkäufer der Videothek gedacht, bei der er ab und zu war, aber dem hatte er nicht viel zu sagen und außerdem kannte er weder seinen Namen, noch seine Adresse, noch war er sich sicher, ob die Videothek noch da war.

Er stellte den zweiten Fuß auf das Geländer.

Tod kramte in seiner Robe und produzierte ein Stück Papier, das er Jim reichte.

DAS IST DIE ADRESSE DEINER SCHWESTER. ICH HABE SIE IN DEINER WOHNUNG GEFUNDEN. Jim nahm es entgegen und Trauer überrollte ihn wie eine Dampfwalze. All die Schwere, die ihm von der Sinnlosigkeit seiner Existenz und der Inkonsequenz seines Ablebens genommen wurde, flutete zurück in sein Bewusstsein und ertränkte die Gedanken darin. Als er das Bild umdrehte, auf dessen Rückseite er den Straßenname gekritzelt hatte, lief sein Kopf über und Tränen begannen auf den Bordstein, 15 Meter unter ihnen, zu fallen. Das Bild des kleinen Mädchens vor Jims Augen verschwamm und machte dem einer gebrochenen jungen Frau hinter ihnen Platz. Jim blickte Tod in die leeren Augenhöhlen und sah darin die Augen seiner Schwester. In den ebenso leeren Augen seiner Schwester sah er sich selbst.

Tod legte seinen Kopf schief, dann streckte er einen Arm aus, um das Bild aufzufangen, das durch die Luft trudelte. Er seufzte. Sein Blick folgte dem Luftsog, die Gebäudewand herunter. WILLKOMMEN DAHEIM, sagte er.

»DANKE«, hauchte Jim. Dann schloss er die Augen und atmete zum letzten Mal aus.

Tod verstaute das Bild in seiner Robe und drehte sich um. Hinter ihm stand Leben, eine junge Frau, mit einem warmen Lächeln, betrogen nur von ihren heimtückischen Augen.

HERZLICHEN GLÜCKWUNSCH.

Nimm das doch nicht immer so persönlich, sagte sie sanft und ging leichtfüßig auf Tod zu. Er wusste, dass hinter diesen leichten Schritten ein ganz schöner Tritt steckte. Sie griff in Tods Robe und entfernte mit flinken Fingern das Foto. Sie begutachtete das Bild mit geschürzten Lippen und unter ihrem Blick veränderte es sich. Das Mädchen darauf alterte, ihre kindlichen, warmen Züge wurden zu kalten Kanten, ihren Augen wurde alle Energie ausgesaugt. Tod beobachtete das Schauspiel, an dessen Ende das Foto zu Staub zerfiel, der sich im Wind verflüchtigte. Er wandte sich ab und verließ das Dach.

†

Die Beisetzung war unbesucht, mit drei Ausnahmen. Lisa war da. Sie war die Schwester des Verstorbenen. Tod war da. Er war ein langjähriger Freund von Lisa und Bekannter des Verstorbenen. Hank war da. Er war ehemaliger Angestellter einer Videothek, die der Verstorbene besucht hatte. Lisa wischte sich die Tränen aus den Augen und platzierte einen Strauß Rosen auf dem kleinen Fleck Erde, der nun ihre Erinnerung an ihren Bruder verkörperte. Tod legte eine Hand auf ihre Schulter, die Lisa ergriff. Hank, der Tod nicht sehen konnte, wunderte ihre Geste, aber er sagte nichts.

Lisa bedankte sich bei Hank, dann entschuldigte sie sich zu einem Spaziergang.

»Danke für alles«, sagte sie zu Tod, eine Allee aus Rhododendren passierend. »Danke.« Sie blickte ihm in die Augenhöhlen und sah sich selbst. Sie blinzelte und die Vision war verschwunden.

So wie Tod.

Judith Bethke

Europa
– Ein Mythos der archaischen Moderne

Europa ist eine Figur der griechischen Mythologie. In einem Traum erscheinen ihr zunächst zwei Kontinente in Frauengestalt, Asien und der »fremde Erdteil«, die sich um Europa streiten. Die Personifizierung Asiens zeugt von einem stark mütterlichen Verhalten, doch der »fremde Erdteil« ergreift letztendlich Besitz von Europa. Zeus verliebt sich in Europa und verwandelt sich in einen Stier, um sie zu umwerben. Er hat Erfolg und Europa steigt schließlich auf den Stier, welcher sie entführt und über das Meer bis zum »fremden Erdteil« trägt. Zeus verschwindet wieder und auf Grund einer Verheißung wird der »fremde Erdteil« nach Europa benannt.

Im Lande Tyrus und Sidon erwuchs eine Jungfrau, der einmal ward ein Name gegeben, doch sie erinnerte ihn nunmehr nicht. Zu dieser ward hellichtentages Weile, wo trüglichwahrhaftige Träume die Sterbenden besuchen, ein allzu erprobtes Traumbild von der Hölle gesendet:

Die Jungfrau. Ein Schlachtfeld. Viel Staub. Häuserfassaden versagen ihres Daseins, den zu tragen der ohn Dach ist, denn es bröckelt. Die Jungfrau, die ohn Schuh, die wird geschnitten spitzer Dinge. Die Dinge sind Knochen, spitze Knochen, denn es sind Stücke, spitze Stücke rausgebrochner Knochenstücke. Es knirscht beim Gehen. Viel Staub. Die Jungfrau, sie trägt ihre Wunden offen. Sie steigt den Berg hinauf, auf höchster Höhe steht sie. Bis zu den Waden in den faulen Fetzen abgewetzter Haut. Bis zu den Knien in Blut. Viel Staub. Und sie genießt die Aussicht. Dort ein Greis, ein Greis ohn Kopf, er irrt umher, sucht sein verlorenes Glied, er stolpert bald, er strauchelt dann, er kriecht, wühlt ohne Fund im ächzenden Todesschlund. Der Greis irrt blind, die Jungfrau kann ihr Aug nicht schließen. Viel Staub. Ein Schlachtfeld. Die Jungfrau. Der Himmel bricht auf. Es erscheinen zwei Weltteile in Offiziersgestalt. Der eine Offizier gleicht an Aussehen und Gebärde einem Einheimischen. Du bist meine Tochter, sagt er, und Dein Name ist Asien. So sieht er mit im Stolz verborgener Zärtlichkeit auf die Jungfrau nieder, wie ein Vater auf sein Kind. Der andere Offizier aber hat die Gestalt eines Fremden und dies fremde Mannesbild umfasst die Jungfrau wie einen Raub, mit gewaltigen Armen und zieht sie mit sich fort. »Komm nur mit mir Liebchen«, spricht er und die Jungfrau tut keinen Widerstand, sie geht mit ihm und Köpfe fallen wie ätzende Tropfen auf ihre geschundene Haut herab.

Mit klopfendem Herzen erwachte die Jungfrau, lange Zeit saß sie unbeweglich aufrecht im Bette vor sich hinstarrend und vor ihren weit aufgetanen Augensternen standen noch die beiden Offiziere. Die Jungfrau blinzelte, die Offiziere standen noch. Die Jungfrau blinzelte von vorn, die Offiziere standen immerdar. Sie sah um sich herum und es trat zutage, dass das Schlachtfeld in ihr außen ward, alsgleich das Schlachtfeld außen in ihr ward.

Die Jungfrau erhob sich zu den Beschäftigungen und Freuden ihres jungfräulichen Lebens, so kam sie, wie die Jungfrauen der Gegend es scharenweise taten, sich am üppigen Wuchse der Blumen am Meer zu erfreuen. Die eine pflückte die glänzende Klinge scharfer Schneidenreste, die andere wandte sich den Balsam ausströmenden Innereien erschossener Leiber zu, wieder andere mähten die schwarz lockenden Mienenreste, die in Farb und Form sprossen so fern das Aug reicht. Mit diesem Brautschmuck angetan, saßen die Jungfern und sahen hinaus auf das Meer, das in all seiner Weite Beton geworden ward und ihr Lächeln glich diesem Meer.

Da trieb ein Soldat vom Berge hinab, aber welch ein Soldat! Groß, herrlich von Gestalt, mit schwellenden Muskeln am Halse und bläuliche, von Verlangen funkelnde Augen rollten ihm im Kopfe. Sein prächtiger Korpus schien das Licht zu reflektieren und dabei war es fast, als spiegelten sich Hörner an des Soldaten Schläfen. Die Jungfern aber sahen nur Hörner, zierlich und klein, wie von Händen gedrechselt und durchsichtiger als reine Juwelen. So ließ sich der Soldat um seine edle Gestalt bewundern und umgarnte die Bräute mit ambrosischem Atem. Die Jungfrau war es, die der Soldat als erste mit schmeichelnder Zunge beleckte und bei den Worten

»Komm nur mit mir Liebchen« folgte sie seinen Lockungen bis in sein Boot. Der Soldat aber, als er geraubt, die er gewollt hatte, ließ die Triebkraft seines Gefährtes auffahren, bis es mehr einem fliegenden Ross gleich ward. Sogleich erschienen Jungfern und Greise, eben wie Knirpse und Mannesbilder, die in Mengen wie riesenhafte Insektenschwärme auf das Boot schwirrten, das wie ein Licht ward. Doch das Licht war glühend heiß und kaum dachten sie sich im Sicheren, so verbrannten sie lebendig und ihre Leichen fielen von dem Boot ab. Und das Betonmeer brach in Wellen wie aus abertausend eisenschwerer Wände auf sie nieder und sie waren wie nie dagewesen. Die Jungfrau darob rief umsonst und das Schiff schwamm dahin wie ein tollwütges Tier. So ward der Jungfrau in ihrem eisernen Fieberwahn, der Soldat mit seinem Boote sei ein stierhafter Bulle und sie halte mit der Rechten eines seiner Hörner umklammert, mit der Linken stütze sie sich auf den Rücken und in ihre Gewänder würde der Wind blasen wie in ein Segel. So schwamm der Soldat mit seiner Beute dahin.

Endlich erreichten sie ein fernes Ufer. Der Soldat verschwand, wie er gekommen war. Aus langer Betäubung erwachte die Jungfrau. Mit verwirrten Blicken sah sie um sich her, als wollte sie die Heimat suchen. Als sie aber um sich blickte, blieben die fremden Gegenstände unverrückt, geputzte Hausfassaden und unvernarbte Gesichter umgaben sie, und eine türkisfarbene Meeresflut schäumte wie eine Jungfer tanzend in einem blütenweißen Kleid. »Vater, Vater!«, rief sie. Die Antwort ward eine Stille, die widerhallte, bis die Unendlichkeit jegliche Erinnerung an einen Ton gestohlen zu haben schien. Die Jungfrau dachte an das Traumbild, das ihr einst gesandt und in ihr fielen Bomben. Sie sah den Himmel, doch höllische Flammen zischten auf und sie konnte nicht mehr unterscheiden, wo unten aufhörte und wo oben anfing. Es war, als kenne die Nacht den Tag nicht und der Tag nicht die Nacht. Es war, als sei die Jungfrau schon gestorben oder ungeboren.

Ich heiß Europa, sprach die Jungfrau, die lange keine Jungfrau mehr gewesen war, und der fremde Weltteil, der lange Europa geheißen hatte, hieß hinfort Europa.

Adaption nach »Europa«, eine Erzählung der griechischen Mythologie in der Übersetzung von Gustav Schwab: »Die schönsten Sagen des klassischen Altertums«, Reclam Verlag 2009.

Bendona Doagbodzi

Arrogant

Mauril: Mit Zigarette in der Hand betrete ich die Schule, obwohl das verboten ist. Also, was Regeln angeht, die interessieren mich gar nicht, egal wie die Strafen für mich aussehen. Ich spüre Blicke auf mich gerichtet und ignoriere sie gekonnt. Meine Zigarette mache ich aus und gehe zu meinen Freunden. Wir sind insgesamt sechs in der Gruppe oder wie die Leute uns immer nennen: eine Gang. Moschke ist der Jüngste in der Gruppe und fragt, was wir heute noch so machen wollen, also nicht im positiven Sinn. Wir reden in der Pause darüber. Ich antworte ihm nur barsch. In der Klasse angekommen sehe ich, dass Paulo auf meinem Platz sitzt. »Was machst du auf meinem Platz, du Hurensohn? Ich rede mit dir! Bist du taub oder was?«, sage ich aggressiv und schon landet meine Faust in seinem Gesicht. Nachdem ich ihm eine verpasst habe, setze ich mich auf meinen Platz und tue so, als ob nie etwas gewesen wäre. Der Lehrer kommt herein, um den Unterricht zu beginnen. Schon brüllt er: »Was ist denn hier wieder los, warum weinst du Paulo?«, fragt er und blickt zu mir, was heißen soll: »Nicht du schon wieder.«

Paulo: »Ich weiß, dass es ein Fehler ist, auf Maurils Platz zu sitzen, aber ich will mich doch nur mit Leuten seiner Tischgruppe unterhalten. Als er rein kommt und mir Beschimpfungen an den Kopf wirft, kann ich nicht schnell genug reagieren und schon landet seine Faust in meinem Gesicht«.

Aus den Augenwinkeln kann ich sehen, dass ich auf dem Boden liege, was ihn gar nicht juckt. Der Lehrer kommt herein und fragt, ob alles mit mir in Ordnung ist, was ich doch eine doofe Frage finde, weil man mir ansieht, dass bei mir nichts in Ordnung ist. Tja, Lehrer halt. Immer wollen die klug rüber kommen.

»Kann ich kurz auf die Toilette gehen?«, frage ich und gehe sofort raus, ohne auf eine Antwort zu warten.

Lehrer: Er schon wieder! »Mauril, sofort mitkommen! Ich will mit dir reden, ohne Widerspruch!«. Ich versuche, auf ihn einzuwirken.

Nachdem er Theater gemacht hat, kommt er doch nach und setzt sich so hin, dass ich ihn nicht sehen muss. Der Junge verdirbt mir schon mal meine gute Laune und langsam geht er über die Grenzen. »So Mauril, was ist diesmal dein Problem? Und sag mir nicht, er hätte dich genervt! Und komm mir nicht mehr mit deiner billigen Ausrede an. Willst du nichts zu deiner Verteidigung sagen? Wenn nicht, dann ist die Sache erledigt. Glaub aber nicht, dass jetzt alles vorbei ist. Und diesmal wirst du nicht so leicht davonkommen.«

Mauril: Sag mal, ist der blind oder warum merkt er nicht, dass es mich gar nicht interessiert, was für Strafen er sich für mich überlegt oder noch vorhat. Können die mich nicht einfach in Ruhe lassen? Ich habe echt null Bock auf so eine Unterhaltung. Das alles wird mir zu viel, ich gehe mal eine rauchen. Ich tue so, als ob ich auf die Toilette muss und gehe aus dem Klassenraum. Draußen angekommen, ziehe ich die Zigarette aus der Tasche und rauche eine nach der anderen.

Lehrer: Seit 20 Minuten ist er schon weg. Was treibt er denn so lange? Nicht, dass er wieder was anstellt, der treibt mich in den Wahnsinn! Nach unserer Unterhaltung habe ich mir Notizen gemacht, um noch mit anderen Lehrern zu reden. Ich glaube, diesmal wird die Strafe echt höher sein als die vom letzten Mal. Ich frage mich langsam, was mit dem Jungen los ist und warum er so aggressiv reagiert.

Mauril: Nachdem mir schlecht vom Rauchen wurde, entscheide ich mich wieder nach oben zu gehen. Was doch ein Fehler ist, weil mein Lehrer mich gleich bittet, ihm zu sagen, wo ich so lange war. »Was wollen sie von mir? Wollen sie wirklich, dass ich ihnen detailliert schildere, was ich auf der Toilette gemacht hab? Wenn Ja: dann ehm…«

Lehrer: »Nein, nein Mauril, du weißt genau, was ich meine. Hör auf, mich auf den Arm nehmen zu wollen. Mäßige deinen Ton und gib mir bitte eine vernünftige Antwort.«

Mauril: »Also gut, wenn sie es unbedingt wissen wollen… ich war eine rauchen. Sind sie jetzt zufrieden?«, sage ich genervt.

Lehrer: »Jetzt reicht es mir! Heute nach der Schule bleibst du hier«, zische ich sauer.

Mauril: Als er das sagt, bin ich nicht so stolz darauf, weil…hallo… wer will denn bitteschön nach der Schule noch lange bleiben? Ich könnte noch weiter diskutieren aber gehe einfach an meinen Platz zurück, um nicht noch länger zu bleiben.

Lehrer: Ich war richtig erstaunt, dass er geblieben ist. Sonst ist er immer gegangen. »So Mauril, du weißt ja, worum es geht und ich mache es kurz.«

…

Morgen wieder

Joana Ebert

Heimat ist Kunst: HeimART eben

Was ist HeimART?

Auf jeden Fall ist sie kunstvoll.

Schwungvoll-kunstvoll kannst du dich fallen lassen!

HeimART ist so kunstvoll, dass man sich im Unbekannten nicht verloren fühlt.

HeimART ist das, wo die Intuition am besten funktioniert.

Sie ist so kunstvoll, dass man sich im Bekannten – alleine – nicht einsam fühlt.

Eine Kunst, die Nähe schenken kann. Distanzieren tut sie sich niemals, das macht man höchstens selbst. Zum Beispiel dann, wenn man sich von einem Artisten in einen Touristen verwandelt. Verwandeltes Wandeln in den unbekannten Orten dieser Welt, bis die Sehnsucht nach der eigenen Kunst zu groß wird ...

HeimART ist das gewisse Etwas in unserem Leben. Ein Gefühl, Impulsgeber und Antrieb. Mit all' den Ebenen und Schichten, die nach und nach entstanden sind, ist sie Erinnerung. Erinnerungen, die dein Leben zeichnen, versiegen in ihr. Sie verschmelzen, verbinden sich. Verbundenheit. Verbundene Heiterkeit. Verbundenheiterkeit. Mit all den Ebenen und Schichten, die nach und nach entstanden sind, ist sie Rückhalt. Wenn du mal fällst, fangen dich jene weich und behutsam auf. Der Rückhalt ist das, was alle HeimARTEN gemeinsam haben. Vielleicht bekommst du ihn auch von den Menschen, die du liebst und die dich lieben. Sie sind die Betrachter deines HeimARTwerkes und unterstützen dich bei deiner Arbeit. Vielleicht ist es auch so:

Ohne Betrachtung keine Kunst, ohne Betrachter kein vollkommener Künstler.

Manche Menschen geben ihrer HeimART auch einen Titel. Meiner wäre einer zwischen diesen beiden:

Suuutsches Flügge-Werden.

Hummeln Hummeln im Mors Mors, ich will raus in die Welt!

Wenn du mit deinem Kunsthandwerk mal nicht weiterkommen solltest, du unzufrieden oder sogar frustriert bist. Dich nicht schwungvoll-kunstvoll fallen lassen kannst, sich beim Arbeiten, in deinem HeimART-Atelier, nichts vollkommen anfühlt. Dann nicht verzweifeln! In jeder Aussichtslosigkeit gibt es Kunstgriffe.

DU bist der Künstler deiner HeimART!

Gestalte!
Ein Straßenkünstler, der seinen Platz noch nicht gefunden hat?
Unaufhaltsam ziehst du los mit deiner Kunst, um irgendwann fündig
zu werden.
Auf der Suche nach dem einen Ort, an dem du dann weißt:
Genau hier gehöre ich hin!

Schätze!
In deinem Handwerk gehst du auf.
Es gibt dir Kraft, es gibt dir Sicherheit.
Fühlst dich sorgenlos und unbeschwert.
Vertraut bist du mit den Farben deiner HeimART.
Kennst sie genau, weißt was du tust.

Impressioniere!
Sei achtsam und halte immer die Augen offen. Schau genau hin.
Nimm wahr. Beobachte.
So nimm die Impressionen deiner Umgebung auf.
Fange das Licht ein, und auch jeden Schatten.
Dafür brauchst du all' deine Sinne.

Experimentiere!
Taste dich langsam heran, wage dich langsam vor.
Geh ein Stück auf die Suche.
Vertraue deinem Orientierungssinn und sei mal Surrealist.
Entdecke die unentdeckten, versteckten Komponentenecken.
Freies schaffen, zügellos.

Wage!
Wage doch mal eine Wendung. Ändere deinen Kurs.

Weg vom Ursprung.
Strapaziere mal so richtig deine Wurzeln, strapaziere deine Farben.
Geh ein wenig auf Distanz, um wieder Nähe zu empfinden.
Neue Nähe. Fremde Nähe.

Reflektiere!
Etwas fühlt sich anders an?
Nicht mehr wie eben, nicht mehr wie gestern,
nicht mehr wie damals?
Die Schichten scheinen verwelkt, das Bild scheint verblasst?
Die Aussage deiner HeimART ist aber bestimmt eine ähnliche geblieben, und ist es nicht häufig die eigene Perspektive, die bestimmt,
ob wir unsere HeimART immer noch lieben?
So schau mal nicht nur auf das, was um dich herum geschieht.
Schau, ob du dich verändert hast!

HeimART ist Freiheit und Geborgenheit zugleich. Sie kann uns heiter stimmen.

Geborgenheiterkeit, Freiheiterkeit.

Wir müssen dankbar sein, dass wir Lebenskünstler mit HeimART und mit Weg sind, egal wie dieser aussehen mag. Künstler sind und bleiben wir alle. Nur unsere HeimART ist eben immer eine andere.

Wir müssen dankbar sein, dass wir die Möglichkeit haben in ihrer Sicherheit zu leben – sie auszuleben und sichere Heiterkeit zu empfinden.

Sicherheiterkeit.

Manche Menschen können diese sichere Heiterkeit gerade nicht mehr empfinden. Finden nicht, obwohl sie auf der Suche sind. Verlorenheit im Unbekannten ...

Die Intuition funktioniert nicht mehr. Schon gegriffen, die letzten Kräfte. Mit vergriffenen Kräften begriffen. Die Erkenntnis in den Händen tragend. Verstanden, wie wichtig es ist, sich kunstvoll und aufgehoben zu fühlen.

Wenn du auf deinem Weg einem Menschen begegnen solltest, dem es so geht – einem Menschen, der vor seiner eigenen Kunst fliehen musste – dann hilf ihm.

Hilf doch diesem HeimARTlosen bei seiner Überlebenskunst. Lass ihn gestalten, lass ihn schätzen, impressionieren und experimentieren. Lass ihn wagen und auch reflektieren, sodass sich dieser Überlebenskünstler ohne HeimART wieder in einen Lebenskünstler zurück wandeln kann. Rückwandeln mit Rückhalt. Rückwandeln in einen Lebenskünstler, ohne irgendein ÜBER. Übrig bleibt nur der Platz für das Kunstvolle. Platz für die schwungvoll-kunstvolle HeimART eben.

Wer kann schon ohne sie leben ...

DU bist der Künstler deiner HeimART und manchmal auch ein bisschen der Künstler von den HeimARTEN deiner Mitmenschen.
Sei doch menschlich, sei doch Rückhalt!

Friedrich Gaulke

Überleben

Ich habe keine Heimat. Vielleicht kein normaler Satz für einen fünfzehn Jahre alten Jungen, vielleicht schon. Ich kenne mich mit Teenagern nicht aus, wenngleich ich selber einer bin.

Schutz vor Kälte, ein Bett zum Schlafen, reichlich zu essen, sogar einen Laptop. All das ist um mich herum, in den vier Wänden, die ich zu Hause nenne. Zu Hause, nicht Heimat.

Eine Heimat zu haben bedeutet geborgen zu sein und geborgen fühle ich mich nicht. Musik erschafft für die Dauer von 3 Minuten und 43 Sekunden ein Vakuum, in das ich fliehen kann, dann bricht mein Lieblingslied ab und die Gedanken auf mich ein.

»Angel With a Shotgun«.

»They say before you start a war, you better know what you're fighting for.«

Bevor ihr mich nun direkt dafür verurteilt ein fünf Jahre altes Lied zu zitieren, fragt euch zuerst, wofür ihr kämpft. Liebe, Freundschaft, Macht, Geld, Wissen? Wenn ihr wisst, wofür ihr kämpft, habt ihr eure Heimat gefunden. Ich weiß es nicht. Und solange ich dieses Ziel nicht einmal kenne oder zu kennen glaube, bin ich wohl nicht einmal in Sichtweite meiner Heimat. In Reichweite von Geborgenheit.

Zwar bleibt der Krieg fern, das Chaos jedoch nicht. Der Krieg ist der Kampf gegen das Chaos, welcher ohne Ziel nicht zu gewinnen ist. Und es ist besser im Krieg zu sterben als im Chaos zu leben.

In einem Satz: Ich überlebe, doch ich lebe nicht.

Vielleicht ist es dieses simple Überleben, welches Depressionen hervorruft.

(Anmerkung: Nein, ich bin nicht depressiv. Nein, ich bin nicht suizidgefährdet.)

Etwa eine Woche vor dem Schreiben dieses Textes, hat sich ein Schüler der zehnten Klasse (ich werde ihn hier einfach als »ER« bezeichnen) das Leben genommen. Vielleicht war er auch »heimatlos«.

»ER wurde wahrscheinlich gemobbt.«

»ER war immer alleine unterwegs.«

»ER muss noch andere Gründe gehabt haben. Schule allein bringt einen doch nicht zum Selbstmord.«

Nach nicht einmal zwei Stunden gab es mehr Theorien als Wahrheiten, doch eine Sache blieb hängen: Eine unangenehm ruhige Stimmung, die in den gesamten und auch folgenden Tag zu spüren war.

Seitdem geht mir der Gedanke nicht mehr aus dem Kopf, was wohl in ihm vorging.

Erfahren werde ich es wohl niemals, trotzdem bleibt mein Interesse.

Genug meiner philosophischen Gedanken, ich suche besser nach einem Grund zum Kämpfen.

Ich hoffe ER hat eine Heimat gefunden.

Lilian Hustadt

Zufriedenheit

Mit eisigen Händen das Zahlenschloss versuchen aufzudrehen. Gegen die Hände hauchen, um es besser zu machen. Nur noch schlimmer. Am stockdüsteren Tagesbeginn, mit schwachen Lichtstrahlen von dem Laternenmast, die Ziffern versuchen zu erkennen. Mit einem Quietschen bloß nicht die Nachbarn wecken. Die Nachbarn schwerhörig und blind, schwer zu wecken. Noch dazu ein Zusammenstoß von dem kleinen Zeh und dem Fahrrad, laut aufschreien und fluchen. Das Fahrrad beschimpfen, warum es dort steht, wo es steht. Herausgeschoben wird das Fahrrad mit einem kleinen Geduldsfaden. Pedalen hängen in anderen Speichen. Wodurch der Geduldsfaden reißt und versucht wird mit aller Kraft dieses Gestell endlich zu befreien. Schließlich nach langen Qualen draußen stehen und wieder das quietschende Tor schließen.

Tiefe Atemzüge nehmen.

Die Luft kalt, erfrischend, voll mit verschieden Düften und ein Hauch von Nässe. Da es so schön ist, gleich noch einmal. Das Zeitgefühl wird ausgeschaltet in dem Gehirn.

Das Fahrrad die Auffahrt entlang schieben. Die Armbanduhr erzählt die Uhrzeit und ermahnt. Mit klopfendem Fuß noch warten.

Wie immer zu spät. Die Armbanduhr schreit schon förmlich, doch schließlich ist es endlich so weit. Noch kurz die Mütze zurecht rücken und checken, ob die Ohren bedeckt sind.

Nun ist der eigene Körper spät dran. Es mahnt der gekommene Begleiter. Auf den Sattel schwingen und zuallererst einige Gänge herunterschrauben um anfahren zu können. Der Lenker scheint eingefroren zu sein. In kurzen und schnellen Tritten geht es los.

In der Eile kommt noch dazu, die Handschuhe wurden vergessen. Fluchend und lachend zugleich geht es trotzdem weiter. Erstmal losgefahren kein Zurück mehr. Ein Blick zum Partner wischt den ganzen Zorn weg. Die Art und Weise, wie sich angeguckt wird, löst Tränen vor Lachen aus. Tränen, die auf der Wange gefrieren. Die

Fingerspitzen schon ganz rot, geht es um die Kurve. Doch der leichte stechende Schmerz wird nur ein wenig gespürt. Die Freundschaft schafft es den Schmerz zu übertönen.

Vorsicht Ausrutschgefahr. Zu schnell, zu klein eingeschlagen. Keine Kontrolle über das eigene Verkehrsmittel. Das Profil des Rades haftet nicht mehr auf dem Eis. Die Flucht wird ergriffen, wer schneller ist, gewinnt. Natürlich wurden die Eltern ignoriert und widersprochen, kein Helm. Wodurch der Kopf auf dem Eis aufschlägt, mit der minimalen Polsterung von der Mütze. Die Beine eingeklemmt unter dem Gestell aus Metall und Farbe.

Gleich Augen wieder offen und die Augen des Anderen im Visier. Glücklich für die Aufstehhilfe geht es weiter im eisigen Wind. Das Geschehen mit Lachen vergessen.

Die Augen zusammengekniffen. Die Oberseite des Oberschenkels sticht leicht vor Schmerzen. Unmöglich aus dem Lachen zu kommen, Treffen der anderen Freunde.

Küsschen rechts, Küsschen links und eine mächtige Umarmung.

Der restliche Tag wird mit den Lieblingsmenschen verbracht und geteilt. Die Lieblingsmenschen verstehen sich von Herz zu Herz. Nun die Musik, mit einem fröhlichen Gesicht, welches ab und zu Hip Hop tanzt. Die Gruppe nun komplett. In einem Stuhlkreis wird über Themen diskutiert und ausgetauscht. Das Lachen kann nicht gestoppt werden. Alles wird dokumentiert und festgehalten von Snapchat. Es wird sich ergänzt. Die ganze Woche wird gewartet auf diesen Moment. Auf den Moment mit seiner Familie etwas zu machen, in seiner Heimat.

Ein wenig schmerzhaft ist die Trennung am Schluss, aber in der Hoffnung auf ein nächstes Treffen am nächsten Morgen. Küsschen rechts, Küsschen links.

Es geht in Gelächter zurück. Wie schon zuvor ohne Samthandschuhe, aber mit Mütze. Sprachnachrichten zu seinen Liebsten in weiter Ferne dürfen nicht fehlen. Die Themen für den Rückweg stoppen auch nicht im Supermarkt, wo Flüssiges gekauft wird. Wieder den Weg fortgesetzt, wird das Flüssige in den Körper geschüttet und in Stößen wieder von sich gegeben.

Am Ziel angekommen wird nochmal angehalten und das Thema zu Ende gesprochen. Spätestens wenn das Gehirn sich meldet mit einer dringenden Nachricht oder mahnende Zurufe von der Haustür aus kommen, geht es rein in das Warme. Allerdings: Von alleine gibt es kein Tschüss.

Lecker riechender Duft erfüllt das Haus. Es duftet nach angebratenen Zwiebeln und Knoblauch. Kurz nach der dringenden Erledigung wird, anstatt die Aufgaben für den Schreibtisch auszuführen, erstmal etwas verzehrt und davon ein Bild veröffentlicht.

Ganz am Ende des täglichen Abenteuers wie immer eine Nachricht zu jemanden, der gemocht wird, und erklärt, wie der Tag verlaufen ist. Von einigen wird nicht verstanden, wie es zwei Familien geben kann und dass die Heimat nicht da ist, wo das Bett und der Kühlschrank stehen, sondern beim Aufstehen anfängt und sich hält auf dem Weg mit Freunden und in die Zeit, welche mit ihnen verbracht wird. Dort, wo ich mich wohlfühle, ist meine Heimat, Digga!

Leon Kleemann

Wachstum

Dies das
Ananas
sie wächst

Das ist mir voll
Banane
sie wächst

Deine Lippen wie eine
Erdbeere
sie wächst

Du hast geile
Melonen
sie wächst

Dein Arsch ist wie ein
Pfirsich
er wächst

Ich habe jetzt ein
Magengeschwür
es wächst

Er, Sie, Es
wächst, wichst, Sex
Heimat geil

Laurin Klose

Liberté, Egalité, Fraternité

Es wird vermehrt bekannt
Von Fällen, dass da einer steht, der
Wohl durch die Väter
Einst Neger genannt.

Er ist ein Fremder
Körper. Seine Art
Ist nicht heimisch in diesem Habitat
Der grauen Regenbänder.

Als Werkzeug bricht er das Bild der Welt
Und es lassen sich unliebsame Normen
Mit ihm nach eigenem Gusto formen.

So mancher demonstriert mit gestreckten Armen
Und Willkommen den Anderen sein korrektes Erbarmen.
Und selten einen Flüchtling nach Hause bestellt.

Ein unabhängiger Nachsatz:

Ich bin so allein,
Es sind so viele da,
Es ist so voller Sein.
Es ist mir eine Pein.
Der große Weltenschwur.
Ich will doch nur
ein Mensch sein.

Ann-Kathrin Schierhorn

Familientradition

»-eh auf! Verdammt, du musst aufstehen! Wir müssen hier weg!« Kaum konnte ich die Worte meines Kameraden verstehen. Dieses grässliche Piepen in meinen Ohren war viel zu laut. Anfangs sah ich nur, wie sich seine Lippen bewegten. Wobei dies auch sehr undeutlich war, da mein Blick immer wieder zwischen scharf und unscharf schwankte. Erst als ich merkte, wie ich auf meine Füße gezerrt wurde, fiel mir auf, dass ich bis eben auf dem Boden gelegen hatte. Verwirrt ließ ich meinen Blick umherschweifen. Alles fühlte sich so an, als würde es in Zeitlupe ablaufen. Die Soldaten, die zur nächsten Deckung rannten, das Feuer, welches aus den Fahrzeugen loderte und durch die Explosionen ausgelöst worden war, die Verletzten auf dem Boden, welche sich vor Schmerz wanden. Sofern sie überhaupt noch bei Bewusstsein waren. Grob wurde ich von meinem Kameraden mitgezerrt. In die nächste Deckung.

Schon früh hatte ich gelernt, was es hieß, seine Heimat zu lieben. Mein Vater war schon immer ein sehr patriotischer Mann gewesen. Schätzte und liebte sein Vaterland. Würde sogar für es sterben. Als Kind hatte ich ihn immer dafür bewundert. Generell sah ich immer zu meinem Vater auf. Er war ein ehrenwerter Mann. Hielt sein Wort, war verantwortungsbewusst und freundlich, war ehrgeizig und kämpfte stets, um seine Ziele zu erreichen. Schon immer war er mein Vorbild gewesen. Andere Jungs hatten Stars als Vorbilder. Ich hatte nur meinen Vater. Und das reichte mir. Jemand anderes brauchte ich nicht. Wozu auch, wenn ich den aufrichtigsten und ehrgeizigsten Mann immer vor mir hatte?

Wenn auch nur sehr langsam, so wurde meine Wahrnehmung wieder klarer. Auch spürte ich jetzt, wie eine warme Flüssigkeit meinen Kopf herablief. Langsam nahm ich eine Hand und wischte mit dieser über mein Gesicht, bevor ich sie vor mich hielt. Blut. Ich blutete. Nur langsam drang dieser Gedanke zu mir durch. Doch ehe ich mir weiter darüber Gedanken machen konnte, sah ich, wie mir eine Pistole in die Hand gedrückt wurde. Mein Blick hing auf dem kalten Stück Metall. Es war unmöglich und irgendwie auch dumm, aber aus irgendeinem Grund konnte ich die Kälte durch meinen Handschuh spüren. Vermutlich war es nur Einbildung. Doch der Gedanke ließ mich nicht los. Die Waffe fühlte sich so viel kälter in meinen Händen an als sonst und sah auch so viel fremder aus. Aber warum? Ich war doch immer so vertraut mit ihr gewesen.

Mit leichtem Druck betätigte ich den Abzug und im Bruchteil einer Sekunde zersprang auch schon das Glas der Flasche, welche mein Ziel gewesen war. Ein Schuss, ein Treffer. So war es nicht selten. Ich übte schließlich oft genug. Mein Vater hatte mir das Schießen beigebracht, als ich gerade mal 8 Jahre alt war. Mittlerweile war ich 15. Vor meinen Freunden gab ich immer an, was für ein Meisterschütze ich doch war. Vermutlich war ich es wirklich. Zumindest in der Kleinstadt, in der ich lebte. Keiner meiner Freunde konnte es mit mir aufnehmen. Das erfüllte nicht nur mich mit Stolz, sondern auch meinen Vater. Und ihn stolz zu sehen, war das größte Geschenk, das ich mir damals hatte vorstellen können.

Mittlerweile hatte ich mich wieder einigermaßen gefangen. Ich stand nicht mehr sinnlos an den Felsen gelehnt, welchen wir als Deckung nutzten. Zwar hielt ich mich noch immer hinter diesem auf, doch nun verließ ich meine Deckung auch hin und wieder kurz, um auf unsere Angreifer zu schießen. Ich mochte es nicht. Es ekelte mich an, auf andere Menschen zu schießen, auch wenn diese nach meinem Leben trachteten. Zu sehen, wie sie durch einen gezielten Schuss zu Boden gingen. Mit Glück hatte der Schuss sie direkt getötet. Den Gedanken, an ihr Leiden, wenn sie lediglich tödlich verwundet waren, wollte ich gar nicht erst in meinen Kopf lassen.

Die ersten Zweifel daran, ob das Land, das ich meine Heimat nannte, wirklich so toll und großartig war, kamen in mir auf, als ich mich für ein Auslandsjahr bewarb. Es war eine wirklich tolle Erfahrung gewesen. Die Gastfamilie und die Menschen in meiner Umgebung waren unglaublich höflich und zuvorkommend gewesen. Doch eines hatte mich anfangs doch sehr gewundert. Die Menschen waren nicht so patriotisch, wie ich es gewohnt war. Es bestand ein leichter Stolz, ja, aber das war es auch schon. Ich war es gewohnt, dass das eigene Land nahezu verehrt wurde. Es gab nichts besseres und jeder, der anderer Meinung war, wurde geradezu als Verräter abgestempelt. Doch das Jahr in meiner neuen Familie öffnete mir die Augen, wenn man es denn so nennen wollte. Ich erkannte, dass eben doch nicht alles in meiner Heimat so wundervoll war, wie ich immer dachte. Von da an fing ich an, immer mehr Dinge zu hinterfragen. Und das war auch der Punkt, an dem ich zu einem dieser »Verräter« wurde. Im Nachhinein wurde mir auch klar, wie lächerlich diese Bezeichnung eigentlich war. Immerhin hatte ich niemanden verraten.

Was tat ich hier überhaupt? Wozu kämpfte ich in einem Krieg, welcher von einem Land geführt wurde, dass ich um nichts in der Welt mehr als meine Heimat bezeichnen würde? Warum tötete ich Menschen für eine »Heimat«, welche mich als Kriegshelden feiern würde, wenn ich zurück nach Hause kam, aber nichts von dem Schmerz in mir wissen wollte? Warum tat ich das alles für eine Regierung, der ihre Verluste im Endeffekt doch vollkommen egal waren? Ich stellte mir diese Fragen oft. Immer öfter. Auf der Patrouille, beim Essen, kurz vorm Einschlafen. Eigentlich immer dann, wenn sich die Gelegenheit ergab. Ich war froh, dass ich in zwei Tagen eigentlich nach Hause fliegen durfte. Mein Einsatz wäre vorbei und ich könnte zu Hause endlich wieder meine Liebsten in die Arme schließen. Doch nun ... nun konnte ich froh sein, wenn mein Einsatz nicht anders als geplant endete. Nun konnte ich nur hoffen, dass ich nicht einer dieser Soldaten werden würde, die sinnlos in diesem Krieg starben.

Lange hatte ich in der Nacht wach gelegen und darüber nachgedacht, ob es die richtige Entscheidung war. Es war die letzte Nacht, die ich zu Hause verbringen würde. Die letzte Nacht, bevor ich ins Militär eingezogen werden würde und für eine lange Zeit nicht mehr nach Hause könnte. Doch hatte ich eine andere Wahl gehabt? Normalerweise würde jetzt jeder Ja sagen, aber nicht ich. Nein, für mich gab es keine andere Wahl. Es lag an mir, die Familientradition fortzuführen. Jeder in meiner Familie ging zum Militär. Auch wenn ich nicht wollte, so war ich in gewisser Weise dazu gezwungen. Denn auch mit 19, drei Jahre, nachdem mein Vater verstorben war, hatte ich noch immer dieses Bedürfnis in mir, ihn stolz zu machen. Und ich war mir sicher, dass ich es damit tun würde. Was blieb mir also anderes übrig, als morgen früh in den Bus zu steigen, welcher mich zum Ausbildungscamp bringen würde, meine Heimat hinter mir zu lassen und mein neues Leben zu beginnen. Als Schachfigur des Staates. Als unbedeutendes Bauernopfer, dessen Verlust nicht schmerzt, sollte es sterben.

Leicht weiteten sich meine Augen, als mir plötzlich eines klar wurde. Ja, ich kämpfte hier für ein Land, das ich in gewisser Weise geradezu verachtete. Aber auch wenn ich das hasste, was ich tat, ich tat es, um in meine Heimat zurückzukehren. Mir wurde klar, dass nicht das Land meine Heimat war. Nein. Meine wahre Heimat war nicht das Land, sondern die kleine Stadt, in welcher ich aufgewachsen war und lebte. Meine wahre Heimat war dort, wo ich meine Familie und engsten Freunde um mich herum hatte. Es war doch vollkommen egal, wo genau sich dieser Ort befand, solange man seine Lieben um sich hatte. Meine Familie ... Das war der springende Punkt. Meine Familie war meine Heimat. Und meine Familie war auch das, was ich brauchte, um meinen Vater wirklich stolz zu machen.

Ich musste nicht in einem Krieg kämpfen, an dessen Ideale ich nicht einmal glaubte. Ich musste nicht meine unerschütterliche Liebe auf das Land schwören. Ich musste nicht alles gutheißen. Das war es doch nicht, was eine Heimat ausmachte. Es ist ein schöner Ort, an dem man einen so nimmt, wie er ist, ihn akzeptiert und unterstützt. Für einen da ist, wenn man Hilfe braucht. Die Heimat ist der Ort, an dem man sich sicher und geborgen fühlt.

Kein Staat, kein Land auf dieser Welt könnte mir je dieses Gefühl geben. Nein. Das konnte nur meine Familie und meine engsten Freunde. Es hatte gedauert, bis ich es begriff. Bis ich begriff, dass ich nicht das tun musste, was vermutlich jeder erwarten würde, dass ich nicht mein Land lieben musste, um meine Heimat zu lieben, dass ich nicht alles tun musste, um andere davon zu überzeugen, dass ich meine Heimat liebte. Denn die Personen, die meine Heimat widerspiegelten, wussten, dass ich sie liebte. Und deswegen würde ich nun auch alles tun, um zu ihnen zurückzugelangen.

Das, was ich bisher getan hatte, würde nichts sein, worauf ich in

Zukunft mit Stolz zurückblicken würde, aber es war notwendig. Notwendig für mich selbst, um die Wahrheit zu erkennen. Notwendig, um meine Lieben wieder in die Arme schließen zu können.

Ich hatte begriffen, was für mich Heimat war, und das würde ich mir so schnell auch nicht mehr nehmen lassen.

U14

(Jahrgänge 2001 und jünger)

Maj Treibel

Die Insel

Papa hatte uns ein Wrack versprochen, aber da war nur ein Gerippe. Die letzten Überreste eines gestrandeten Schiffes. »Vor 30 Jahren war noch mehr da. Eine richtige Kajüte gab es. Ich erinnere mich daran, wie Maria uns hier her schleifte, obwohl wir gar nicht wollten. Trotzdem faszinierte uns das Schiff. Wir kletterten in die Kajüte«, erzählte Papa.

Er erwähnte seine Mutter Maria. Meine Oma, die ich nie kennen gelernt hatte. Ich wusste nicht viel über sie, deswegen machte es mich neugierig, dass er ihren Namen sagte. Die Vorstellung, das sie vor 30 Jahren am selben Ort wie ich gestanden hatte, dasselbe Meer sah und auch das Wrack, faszinierte mich.

Ich lief ein paar Schritte zum Meer. Der Strand war lang und platt, übersät mit Muschelresten. Ein gewohnter Anblick. Oft war ich an ähnlichen Orten gewesen. Wahrscheinlich war ich auch hier gewesen als kleines Kind. Aber daran hatte ich keine Erinnerungen mehr. Ein paar Urlaubsfotos waren alles. Bevor wir auf die Insel gefahren waren, hatte Papa uns viel davon erzählt. Er war fast jedes Jahr als Kind und später als Jugendlicher mit seinen Eltern hier gewesen. Mir gefiel es, der Strand, das Wrack, diese Vertrautheit, obwohl ich den Ort nicht kannte. Meine kleine Schwester ging am Wasser entlang und bückte sich ab und zu nach einem Stein oder einer Muschel, um sie in ihre Stofftasche zu tun. Es war alles so vertraut, ich liebte es am Strand Muscheln zu sammeln. Papa kochte sie später in heißem Wasser ab, damit sie den Geruch verloren. Die schönsten Muscheln bewahrte ich auf. Besonders gut sahen sie alle nicht aus.

Aber jetzt wollte ich keine Muscheln sammeln. Ich wollte wissen, was das für eine Insel dahinten war. Wasser trennte uns, jedoch war sie deutlich zu erkennen. Ich fragte Papa und er sagte mir ihren Namen. Heute habe ich ihn vergessen. Noch einmal sah ich mir die Insel an, dann kehrte ich zum Wrack zurück. Mama gab mir ein belegtes Brot. Ob Maria damals an Papa und seinen Bruder auch Brote verteilt hatte? Vermutlich. Sie aßen genau wie ich und schauten auf das Meer. Sie hatten genau wie wir Hollandräder ausgeliehen und waren die Straßen bis zu den Dünen gefahren. Wir schlossen unsere Räder ab und gingen den Weg zwischen den Dünen bis zum Wrack. Alles war gleich geblieben. Manche Dinge änderten sich eben nicht. Sie waren wie Fotos, die wir immer wieder betrachten. Orte, an die wir zurück kehren und die wir unsere Heimat nennen.

Doch diesmal würde es anders kommen. Denn in diesem Moment tauchte ein Schiff am Horizont auf. Es war ein riesiges Kreuzfahrtschiff, länger als der Strand. Mama, Papa, meine kleine Schwester und ich standen da, beobachteten das Schauspiel. Winzige Menschen standen auf dem Deck des Schiffes und winkten uns zu. Meine kleine Schwester erwiderte den Gruß. Mein Papa holte den Fotoapparat raus, Mama und ich taten gar nichts. Wir wussten nicht, was wir davon halten sollten. Die Vorstellung meiner toten Oma löste sich in Rauch auf, verschwand angesichts dieser Monstrosität von Schiff. Ich glaubte sie zu vermissen, aber ich war mir nicht sicher. Vermutlich gehörte sie nicht mehr an diesen Ort. Langsam glitt das Kreuzfahrtschiff an uns vorbei.

2. Platz in der Altersklasse U14

Dilara Cankaya

Mein Baumhaus

Einst war es mein Heim, mein Zuhause, doch nun kenne ich mich nicht mehr aus. Bin schon seit einer verdammt langen Zeit weit weg von meiner Heimat, da ich den Stress zu Hause nicht mehr aushielt. Verschwand ohne ein weiteres Wort, wanderte einfach so aus. Ich hatte keinen Plan, wohin ich gehen sollte, das einzige, was ich wollte, war ganz weit in die Ferne zu verreisen. War schwach, fand keinen anderen Ausweg. Musste so viel zurücklassen; Freunde, Erinnerungen, meine Familie, mein Baumhaus. Das Baumhaus in dem ich all meine wertvollen Erinnerungen gesammelt habe, mit meinen besten Freunden übernachtet hatte. Mein geliebtes Baumhaus war meine einzige Heimat, der Ort an dem ich ich sein konnte und mich immer wohlfühlte. Mit meinem Gehen ließ ich auch ein Teil von mir hinter mir. Die Erinnerungen immer noch tief in meinem Herzen verstaut.

Jetzt war ich hier an einem komplett anderen Ort und fühlte mich so fremd ohne mein Baumhaus. Kannte mich kaum aus und ich kannte auch kaum wen. Trotzdem war es für mich eine Chance. Eine Chance für einen Neuanfang. Von all dem Stress und all den Problemen befreit. Jetzt mal richtig zu leben ohne vorgeschrieben zu bekommen, was ich zu tun und was ich zu lassen habe. Alles hat sich geändert. Niemand wird mir je wieder vorschreiben, wie ich zu sein habe. Ich werde bleiben wie ich bin, mich nicht mehr verstecken. Meine Art und meine Sexualität kann und werde ich nicht für andere ändern. »Guten Tag, junge Dame, was darf es denn sein?«, riss mich die sanfte Stimme der Kellnerin aus meinen Gedankengängen. Langsam sah ich in das lächelnde Gesicht der Bedienung und lächelte daraufhin leicht zurück. »Eine heiße Schokolade, bitte«, antwortete ich ihr zögerlich und blickte ihr dabei in die Augen. Man sagt ja: *Die Augen sind das Tor zur Seele.* Und in ihren Augen sah ich den Beweis dafür. Ich habe schon in so viele Augen gesehen; die mich belächelt oder verachtet haben. Sie hat dieses Funkeln und diese Freude in ihren Augen. Sie strahlte im ganzen Gesicht. Diese Freude will ich auch mal wieder ausstrahlen. Wahrscheinlich hatte sie ein unbeschwertes und ruhiges Leben. »Okay, kommt sofort.« Mit diesen Worten drehte sie sich wieder um und ließ mich mit meinen endlosen Gedanken zurück.

Am Anfang war ich sehr unsicher mit meiner Entscheidung zu gehen, doch jetzt bin ich mir vollkommen sicher: Es war die richtige Entscheidung. Hier sind andere Menschen, eine andere Umgebung und vielleicht waren hier alle anders. Die Bewohner hier kannten mich nicht und keiner würde sich über mich lustig machen, keiner kannte mein kleines Geheimnis. Ich könnte ohne Sorgen durch die Straßen schlendern. Es würde mich keiner mehr als »Kampflesbe« oder »Scheiß Homo« bezeichnen, denn keiner hier wusste über meine Sexualität Bescheid. Das ist es, was ich will. Glück und Zufriedenheit. Und dies würde ich auch ohne meine Heimat, ohne meine Familie erlangen. Aber ohne mein Baumhaus?

Mein Blick schweifte durch das kleine Café und mir fiel auf, dass die Kellnerin mit einer Tasse in der Hand in meine Richtung kam. Sie hatte immer noch dieses Lächeln auf den Lippen und ihre Augen funkelten immer noch. Vielleicht war für sie heute ein besonderer Tag und sie war deswegen so fröhlich. Gäbe es auf der Welt doch nur mehr solche Menschen. Ich wand meinen Blick ab und sah nun aus dem Fenster. Es hatte vor kurzem angefangen leicht zu regnen, doch die Sonne lugte immer noch etwas zwischen den Wolken hervor. »Hier ist Ihre heiße Schokolade.«

3. Platz in der Altersklasse U14

Annika Mühlhause

Abschied in die Ferne

Meine Augen wollten nicht aufhören zuzufallen, doch schlafen war für mich nun keine Alternative mehr. Schon gar nicht jetzt, wo mein kompletter Körper vor Aufregung kribbelte. Immerhin würde ich in einigen Stunden in München ankommen, wo ich für meinen Traumjob endlich einen Studienplatz bekommen hatte.

Meine Mutter hat mir mal erzählt, dass ich schon als kleiner Junge nicht mehr einschlafen konnte, sobald ich einmal wach war. Sie ging dann immer mit mir auf dem Arm auf den Balkon an die kühle Morgenluft und hoffte, dass ich schnell wieder einschlafe – daraus wurde jedoch nie etwas.

Trotzdem war ich sehr dankbar dafür, dass sie mich das morgendliche Hamburg schon so früh lernen und lieben gelehrt hatte.

Ich könnte schwören mich an alles ganz genau erinnern zu können: Die Sonne, die langsam hinter den vielen hohen Gebäuden den Himmel erklomm, die Möwen, die in Scharen krächzend über die langsam erwachende Stadt kreisten, das Halten und Anfahren der U- und S-Bahnen, das Zwitschern im nahegelegenen Park, den Duft der frischgebackenen Franzbrötchen vom Bäcker unter uns und ich bildete mir sogar ein, das Hupen der Schiffe auf der Elbe in der Ferne gehört zu haben.

Auch jetzt ging die Sonne auf und ich fühlte mich unmittelbar zurückversetzt. Seufzend setzte ich mir meine Kopfhörer auf und stellte meine Musik auf Shuffle. Schon erklangen die ersten Töne von »In Hamburg sagt man Tschüss«. Ein trauriges Lächeln schlich sich auf mein Gesicht, denn das Lied passte wie die Faust aufs Auge. Bereits jetzt begann ich meine wunderschöne Heimatstadt zu vermissen.

»...und wer einmal in Hamburg war, der kann das gut versteh'n.«, sang Heidi Kabel in mein Ohr und sie hatte recht.

Die Landschaft zog so wie die Wolken rasend schnell an mir vorbei und sachte lehnte ich meinen Kopf an die kühle Fensterscheibe der Bahn. Die Zeit verging und plötzlich gab mein Magen ein Grummeln von sich.

Ich musste schmunzeln, denn es hörte sich beinahe wie das Geräusch an, das mein Vater immer gemacht hatte, wenn meine Schwester, meine Mutter und ich es mal wieder geschafft hatten, ihn dazu zu überreden von NDR2 auf Radio Hamburg zu schalten.

Schnell beschloss ich auf meinen Magen zu hören und begann in meinem Rucksack zu wühlen, auf der Suche nach meinem Geldbeutel, um mir um Essensabteil einen Kaffee und ein belegtes Brötchen zu kaufen. Doch ich stutzte, als meine Hand auf etwas Hartes stieß – das war nicht mein weicher Ledergeldbeutel. Zögernd griff ich danach und beförderte eine hübsche rot-weiße Brotdose mit der aufgedruckten Hamburg Skyline ans Licht.

In einer ähnlichen Dose hatte ich früher immer mein Frühstück mit zur Schule bekommen. Ich freute mich riesig darüber, eine mehr oder weniger bekannte Sache mit an meinen neuen Wohnort zu nehmen.

Als ich die Dose öffnete, kam mir der geliebte Duft von Franzbrötchen entgegen, der mich seit meiner frühen Kindheit begleitet hatte. Daneben lag ein Zettel, geschrieben in der schnörkeligen Handschrift meiner Mutter. »*Junge, komm bald wieder.*«

Klara Miebach und Runa Romatowski

Aufbruch

– Prolog –

»Wo ist Daddy?«

»Oh ... Livi-Schätzchen, das ist dein neuer Daddy.«

Das kleine Mädchen, höchstens drei bis vier Jahre alt, musterte den Mann neben ihrer Mutter, der so gar keine Ähnlichkeit mit ihrem richtigen Vater hatte. Dann erwiderte sie: »Das ist nicht mein Daddy!«, und stampfte einmal mit ihrem kleinen Füßchen auf. Ihre Mutter warf ihr einen wütenden Blick zu und sagte: »Oh doch, Schätzchen, ab jetzt ist das dein neuer Daddy!« Das kleine Mädchen drehte sich auf dem Absatz um und rannte weg.

– 10 Jahre später –

Liv saß an ihrem Schreibtisch und machte ihre Deutschhausaufgaben. Ein Aufsatz über ihre Heimat! Eigentlich gar nicht so schwer, wüsste sie, wo ihre Heimat wäre. Ihr Vater hatte sie verlassen, als sie vier war, da ihre Mutter einen Neuen hatte. Sie konnte es ihm nicht übelnehmen, aber manchmal wünschte sie sich, dass er sie mitgenommen hätte. Jetzt lebte sie mit ihrer Mutter und ihrem Stiefvater in Dänemark.

Zu Hause sprachen sie alle Deutsch, denn auch ihr Stiefvater war Deutscher. Sie waren nur nach Dänemark gezogen, weil ihr Stiefvater hier ein Jobangebot bekommen hatte. Sie hasste es hier. Seitdem sie vor einem halbem Jahr neu in die Klasse gekommen war und kein Dänisch gekonnt hatte, ignorierten sie alle. Auch die Lehrer waren nicht die sympathischsten. Und dann war da auch noch ihr Stiefvater. Schon in Hamburg war er schrecklich gewesen, aber hier in Dänemark war er noch einmal richtig aufgeblüht. Sobald sie eine schlechte Note nach Hause brachte, konnte sie mit einer Backpfeife rechnen.

»Liv, kommst du bitte.« Liv seufzte und machte sich auf den Weg. Bei ihrer Mutter angekommen fragte sie: »Was ist denn?« Ihre Mutter erwiderte: »Da bist du ja, Livi-Schätzchen. Manuel und ich gehen heute ins Restaurant, du kannst dir die Nudeln von gestern in der Mikrowelle warmmachen.« Ihre Mutter streifte sich ihren Mantel über und sagte: »Können wir los Manu?« Manuel nickte und kurz bevor die Haustür zuknallte hörte sie ihre Mutter noch rufen: »Tschüss, Schätzchen.« Dann war sie allein. Liv beschloss sich erst einmal die Nudeln warmzumachen, den Aufsatz würde sie eh nicht mehr hinbekommen. Sie stellte die Nudeln in die Mikrowelle und setzte sich an den Küchentisch auf dem noch ein leerer Joghurtbecher stand. Sie nahm den Joghurtbecher und wollte ihn gerade wegschmeißen, da fiel ihr etwas im Mülleimer auf. Ein handgeschriebener Brief. Mit spitzen Fingern zog sie ihn aus dem Mülleimer. Er war an sie adressiert und sie musste ihn dreimal lesen, bis sie realisierte, was in dem Brief stand:

Liebe Liv,
es tut mir leid was damals passiert ist aber zu der Zeit schien es mir das Beste. Ich hoffe du verzeihst mir deswegen, denn ich wollte dich in den Ferien für ein paar Wochen zu mir nach Hamburg einladen, ich hoffe , dass auch deine Mutter sich überreden lässt, wenn du willst, kannst du sie nach meiner Handynummer fragen, sie hat sie. Ich würde mich wirklich freuen dich wiederzusehen.
Dein Daddy

Ein paar Minuten saß sie einfach reglos da, dann packte sie eine ungeheure Wut auf ihre Mutter, die ihr den Brief verheimlichen wollte, und auf ihren Stiefvater, eigentlich auf ihr ganzes Leben hier in Dänemark. Von wegen Sommerferien, sie würde einfach jetzt sofort nach ihm suchen. Irgendwie würde das schon klappen. Sie stürmte mit dem Brief in der Hand in ihr Zimmer und packte nur die wichtigsten Sachen in ihre kleine Reisetasche. Auch ein Foto von ihrem Vater und ihr, als er noch bei ihnen war, steckte sie ein. Dann ging sie ins Schlafzimmer ihrer Mutter und Manuel und tastete unter der Matratze nach dem Geldbeutel mit dem Geld für Notfälle. Das hier war ein Notfall! Dann rannte sie zurück in die Küche. Beeilen brauchte sie sich eigentlich nicht, aber sie wollte so schnell wie möglich weg von hier. Eigentlich konnte es jetzt losgehen, aber da war noch etwas Wichtiges. Schnell schnappte sie sich Papier und Stift und kritzelte:

Ich werde meinen richtigen Vater suchen gehen, macht euch keine Sorgen. Ich halte es hier bei euch einfach nicht mehr aus. Ruft mich nicht an, ich möchte nicht mit euch reden. Mir geht es gut:
Liv
PS: Ich habe das Notgeld.

Den Brief legte sie auf den Küchentisch, danach ging sie zur Haustür und drückte die Klinke herunter. Bereit für dieses Abenteuer. Aber nichts geschah, egal wie sie an der Klinke rüttelte und schüttelte. Sie war eingeschlossen, es war zum Verzweifeln. Ihre eigene Mutter hatte sie eingeschlossen. Aber dann hatte sie die Idee. Sie stürmte wieder zurück in ihr Zimmer und öffnete das Fenster. Ganz schön hoch. Egal, wenn sie es jetzt nicht machte, würde sie ihren richtigen Vater vielleicht nie wieder zu Gesicht bekommen. Also knotete sie alles, was sie fand, zusammen und ließ das entstandene Seil aus dem Fenster baumeln. Wenn sie dieses Seil entlang kletterte und dann zu Boden sprang, würde ihr nichts passieren. Vorausgesetzt die Knoten hielten. Aber na ja, was hatte sie schon zu verlieren?

Sie knotete das aus Bettlaken und Kleidungsstücken bestehende Seil an ihrer Gardinenstange fest, zum Glück war diese aus Metall. Dann warf sie ihre Reisetasche aus dem Fenster und kletterte auf ihr Fensterbrett. Vorsichtig versuchte sie sich herunterzulassen, und stieß einen kleinen Freudenschrei aus, als es klappte. Sie hing jetzt fünf Meter über dem Boden, an einem Seil aus Klamotten! Langsam begann sie sich abzuseilen. Als sie nur noch zwei Meter über dem Boden hing, löste sich ein T-Shirt aus dem Seil, ein Ruck durchfuhr sie und plötzlich fand Liv sich auf dem Boden wieder. Zum Glück war ihr nichts passiert, nur ein aufgeschürftes Knie, aber sie hatte es geschafft. Jetzt stand sie auf der Straße vor ihrem Haus. Was nun? Sie beschloss erst einmal zur nächsten Bahnstation zu gehen und von dort aus zum Hauptbahnhof zu fahren. Es war erst März und deshalb noch relativ kühl, aber zum Glück war es nicht weit bis zur nächsten Bahnstation.

Ein wenig später saß Liv im Zug zum Kopenhagener Hauptbahnhof und überlegte, wie es wohl sein würde, ihren richtigen Vater zu sehen. Sie freute sich sehr auf ihn fragte sich aber, ob er sie wiedererkennen würde. Lange konnte sie sich darüber aber keine Gedanken machen, da der Zug den Hauptbahnhof erreichte. Sie nahm ihre Reisetasche in die Hand und stieg aus, sobald der Zug angehalten hatte. Kaum zu glauben, aber sie stand am Hauptbahnhof, um nach Hamburg zu reisen. Zuerst musste sie aber einen Ticketschalter finden. Die Suche gestalte sich als nicht ganz einfach, da sie zwar seit einem halben Jahr hier lebte, aber trotzdem nicht gut dänisch konnte. Letztendlich fand sie aber mit Hilfe einer deutschen Familie doch noch den Weg dorthin.

Sie beschloss einen Nachtzug zu nehmen, da es mittlerweile schon 23 Uhr war und sie circa sechs Stunden brauchen würde. Der Zug würde um 23:20 Uhr losfahren, und da sie die Nudeln ihn der Mikrowelle vergessen und deswegen kein Abendbrot hatte, entschied sie sich, sich noch kurz beim Kiosk ein paar Snacks zu kaufen.

Zehn Minuten später saß sie am Bahnhof, mit einer Tüte Chips und einer Limo in der Hand. Sie konnte nicht fassen, was heute passiert war. Oder eher gesagt: heute Abend. Vor ein paar Stunden hatte sie noch geglaubt, dass sie noch Jahre bei ihrem Stiefvater festsitzen würde. Genau genommen bis sie volljährig wäre. Aber der Brief ihres Vaters hatte alles verändert, jetzt saß sie am Hauptbahnhof, um zu ihrem richtigen Vater zu fahren. Genau in diesem Moment kam ihr Zug in den Bahnhof eingefahren. Der Zug zu ihrem Vater. Na ja, erst mal nach Hamburg und dann würde sie ihren Vater suchen. Sie nahm sich ihr Gepäck und stieg in den Zug. Im Inneren machte sie sich auf die Suche nach einem freien Bett. Kaum hatte sie eins gefunden, versank sie auch schon in einen traumlosen Schlaf.

Liv erwachte von einem schrillen Piepen an ihrem Ohr. Ihr Handy! Verschlafen guckte sie, wer die Nervensäge sein könnte. Es war ihre Mutter. Sie drückte auf das Auflegen-Symbol, sie hatte gerade echt keine Lust mit ihrer Mutter zu reden. Nicht nach dem, was ihre Mutter getan hatte. Sie wollte sich gerade zurück in ihr Bett sinken lassen, um noch ein bisschen Schlaf zu bekommen, da ertönte eine monotone Stimme aus den Lautsprechern: »In Kürze erreichen wir Hamburg Hauptbahnhof, wir hoffen, Sie hatten eine angenehme Fahrt.« Liv konnte es kaum glauben, sie war schon in Hamburg! Sie warf einen Blick aus dem Fenster und tatsächlich war es schon hell draußen. Schnell sammelte sie ihre Sachen zusammen und kletterte die Leiter ihres Stockbettes herunter. Auch alle anderen Fahrgäste schienen langsam zu erwachen und sich vorzubereiten. Sie beobachtete wie der Zug in den Hauptbahnhof einfuhr und langsam zum Stehen kam. Dann gingen die Türen auf und die Fahrgäste drängelten sich hindurch. Liv wartete, bis es leerer wurde, dann stieg auch sie aus und befand sich mitten im Trubel des Hamburger Hauptbahnhofes. Sie machte sich daran einen Ausgang zu finden, doch dann entschied sie sich, dass es besser wäre, wenn sie direkt die S-Bahn zu ihrer ehemaligen besten Freundin Pia nahm.

Als sie nach kurzer Zeit in der S-Bahn Richtung Poppenbüttel zu Pia saß, zweifelte sie daran, ob es die richtige Entscheidung gewesen war. Was wenn Pia gar nicht da war? Oder wenn sie ihren Vater nicht fand? Oder ihr Vater sie auf einmal doch nicht sehen wollte? Aber jetzt war es zu spät, sie war jetzt schon in Hamburg und ein Versuch konnte sicher nicht schaden. Ein Rütteln des Zuges riss sie aus ihren Gedanken. Gerade noch rechtzeitig, denn die S-Bahn hatte gerade Poppenbüttel erreicht. Schnell griff sie nach ihrer Reisetasche und hechtete im letzten Moment aus der S-Bahn. Ab zu Pia, dachte sie sich, und schon wieder spukten ihr die Fragen von vorhin durch den Kopf und ihr Herz klopfte ihr bis zum Hals.

Wenig später stand sie vor dem großen roten Backsteinhaus ihrer Freundin und wollte am liebsten im Erdboden versinken. Aber es blieb ihr keine Wahl, sonst müsste sie die Nacht im Freien verbringen. Also drückte sie den Klingelknopf neben dem Nachnamen ihrer ehemaligen besten Freundin und wenig später klang die vertraute Stimme von Pia aus dem Lautsprecher: »Hallo?« In diesem Moment wollte Liv am liebsten einfach weglaufen, brachte aber ein gestottertes »Hallo, hier ist Liv« hervor. Eine ungläubige Stimme erwiderte: »Liv? Komm erstmal rein.«

Eine Stunde später hatte Liv der ganzen Familie ihre Situation erklärt und mit ihnen gefrühstückt. Pia hatte sich bereit erklärt Liv zu helfen und mit ihr ihren richtigen Vater zu suchen. Jetzt saß Liv mit Pia in Pias Zimmer, um mit ihr zu überlegen, wie sie weiter fortfahren sollten. Leider hatte Liv den Brief mit dem Absender auf dem Schreibtisch liegen lassen. Deswegen beschlossen sie Livs Vater im Telefonbuch zu suchen. Vielleicht bekamen sie ja so heraus, wo er wohnte. Im Telefonbuch gab es nur drei Simons, die mit Nachnamen Raabe hießen. Sie beschlossen bei allen einmal anzurufen. Liv rutschte das Herz in die Hose, als das Tuten aus dem Hörer ertönte und kurz darauf jemand am anderen Ende der Leitung abhob: »Simon Raabe, was kann ich für sie tun?« Liv blieb die Spucke weg, sie krächzte: »Guten Tag, hier ist Liv, ich suche meinen Vater, er heißt Simon Raabe.« Ein Räuspern war am Ende der Leitung zu vernehmen, dann hörte man: »Tut mir leid, ich habe keine Tochter.« und dann wurde aufgelegt. So ähnlich verlief auch das zweite Gespräch und der dritte Simon Raabe ging gar nicht erst ans Telefon. Sie entschieden zur Wohnung des dritten zu fahren. Aber auch dort war er nicht anzutreffen. Liv wollte sich gerade deprimiert auf die Gartenmauer des Gebäudes sinken lassen, da sah sie aus dem Augenwinkel eine Person in das Haus huschen. Sie rief: »Warten Sie!« Und die Person blieb wirklich stehen. Liv rannte zu der jungen Frau, die im Hauseingang stand, und fragte: »Entschuldigung, dass ich frage, aber kennen sie einen Simon Raabe, der in diesem Haus lebt?« Die Frau guckte leicht irritiert und fragte: »Ja, wieso willst du das wissen?« Liv erzählte der Frau ihre Geschichte, und nachdem sie geendet hatte, fragte die Frau: »Du bist Liv? Er hat mir schon so viel von dir erzählt. Er war so traurig, dass du ihm auf seinen Brief nicht geantwortet hast. Er ist gerade einkaufen, aber du kannst warten, bis er zurückkommt. Ach so, ich bin übrigens Nele, seine Freundin.«

Ein wenig später saß Liv mit Pia und Nele im Wohnzimmer ihres richtigen Vaters. Sie konnte immer noch nicht fassen, dass sie kurz davor war ihn zu sehen. Eine knallende Tür riss sie aus ihren Gedanken und kurz darauf ertönte eine ihr wohlbekannte Stimme: »Hallo, ich bin wieder da!« Und plötzlich stand ein hochgewachsener Mann im Türrahmen. Liv fragte: »Daddy?« Und er sagte: »Liv!«

Seit diesem Tag wusste Liv, was Heimat für sie war: Heimat war für sie, der Ort an dem sie sich wohlfühlte und an dem sie am liebsten war. Der Ort, an dem die Menschen waren, die sie lieb hatte und die für sie da waren. Heimat war ihr Lieblingsort.

5. Platz in der Altersklasse U14

Samira Eren

Streit

Sie zerrt einen Haufen Kleidung aus dem Schrank und schreit hemmungslos, während ihr Tränen über die Wangen laufen. Ihre Mutter steht im Türrahmen und bedenkt *sie* mit einem ihrer Blicke. Sie starrt nur, sagt nichts. »Hör auf!«, schreit *sie*, ballt wütend ihre Fäuste. »Hör einfach auf!« *Sie* reißt weitere Haufen Wäsche aus dem Schrank und wischt sich über die Augen. Dann: »Wieso tust du nichts? Wieso verdammt noch mal tust du nichts außer zu schweigen?!« Ihre Mutter blinzelt, öffnet den Mund, wie um etwas zu sagen, schließt ihn dann aber wieder. »Sag doch was!« Trotz ihrer Worte hält *sie* sich die Hände auf die Ohren, wie um sich vor den Worten der Mutter abzuschirmen, doch wieder sagt diese nichts, starrt bloß weiter. *Sie* zerrt die Gardinen auseinander, reißt die Fenster auf. Dort wo Raureif ist, kühlen Schatten das Gras. An manchen Stellen spielen kleine Flecken Sonnenlicht. Es ist ein großer Kontrast zu ihrem kleinen, muffigen Zimmer, mit der Kleidung auf dem Boden und den zerfransten Gardinen. *Sie* reagiert schnell zum neuen Impuls, schnappt sich einen Pullover und quetscht sich an ihrer Mutter vorbei. Als *sie* an der Haustür ankommt, spürt *sie* einen leichten Druck am Handgelenk. »Bleib.« Ihre Mutter ist ihr leise gefolgt, sie drückt ein wenig fester zu.

»Jetzt kannst du etwas sagen! JETZT!«

»Du weißt, dass das nicht stimmt, das weißt du ganz genau.«

Die Stimme ihrer Mutter ist ganz ruhig, vielleicht schwingt ein leichter Nachdruck mit, vielleicht ist es auch nur ein Zittern. »Das weiß ich eben nicht!« *Sie* versucht sich loszureißen, schafft es aber nicht. Der Griff ist zu fest. »Lass los!« Ihre Mutter dreht *sie* so, dass *sie* ihr in die Augen schauen muss. »Was?«, fragt *sie*, immer noch laut, doch ihr Ton hat sich verändert. »Was willst du?«

»Bleib. Bleib einfach.« Für einen kurzen Moment ist ihr Blickkontakt verstärkt. Die Augen ihrer Mutter glitzern, Tränen spiegeln sich, sie blinzelt und Tränen rollen ihr die Wangen runter. »Hör auf zu weinen«, sagt *sie*, guckt ihre Mutter wütend an. »Hör auf.«

»Dann hör du erstmal auf.«

Es ist still. Das Ticken der Küchenuhr schallt laut. Ticktack. *Sie* blinzelt, beide weinen stumm. Ticktack. *Sie* atmet ein, hält die Luft an und schließt die Augen. »Ich kann nicht«, flüstert sie. »Ich kann einfach nicht.« Es bleibt weiterhin still. *Sie* fällt auf die Knie, auch jetzt lässt ihre Mutter *sie* nicht los. Ihre Hand kribbelt, aber *sie* sagt nichts gegen die Taubheit. »Bleib bei mir, bleib zu Hause.« *Sie* senkt den Kopf. Ihre Mutter stupst ihr Kinn an und lässt sie hochblicken. *Sie* will ihren Kopf wegziehen, aber im Bruchteil einer Sekunde entscheidet sie sich um. Sie umarmt ihre Mutter. »Okay.«

Elessar Alchehade

Syrien, meine Heimat

Mein Leben hat sich in diesen fünf Jahren sehr verändert. Von einem achtjährigen Mädchen, das ihr schönes Leben in ihrem Heimatland lebte, zu einem dreizehnjährigen Mädchen, das in einer fremden Stadt lebt. Ich bin Elessar, ich komme aus Damaskus, der Hauptstadt von Syrien, wo es gerade Krieg gibt.

Heimat ist für mich, wo ich mich sicher, zu Hause und am wohlsten fühle. Ich bin in Damaskus geboren und bin dort aufgewachsen. Alles war anders. Ich erinnere mich an die Leute, die den ganzen Tag lächelten, auch die, die ich nicht persönlich kannte. Ich erinnere mich an die großen und kleinen Straßen, an mein Haus und an meine Schule, die jetzt mit meinen schönen und schlechten Erinnerungen und Träumen zerstört ist. All diese Feste, die wir immer gefeiert haben. Ich habe mein friedliches Leben gelebt, bis ich erfahren habe, dass wir weg müssen.

Der Krieg hat im Jahre 2011 angefangen. Alle dachten zuerst, dass das nur für eine Weile so bleibt. Und in dem Moment, wo ich mich von meiner Famlie verabschieden musste, wusste ich, dass ich meine Heimat verloren habe.

Wir sind nach Jordanien, ein Nachbarland von Syrien, umgezogen. Ich war noch zu klein, um das alles zu verstehen. Das einzige, was mir durch den Kopf ging, war, dass ich zurück wollte. Die ersten paar Wochen waren seltsam. Wir wussten nicht, wie lange es so bleiben wird. Wir sind im Sommer geflohen. Plötzlich haben unsere Eltern uns in der Schule angemeldet. Alles ging sehr schnell. Der Anfang vom Schuljahr war sehr schwer für mich. Ich wurde von manchen Leuten wegen meinem Akzent ausgelacht. Alles was ich wollte, war zurück nach Syrien. Zurück zu meinem Land, zu meiner Familie und zu meinen Freunden, die ich seit dem Kindergarten kannte.

Nach einer Weile wurde es für mich und meine Familie besser. Aber Jordanien war nie wie meine Heimat. Einmal, als wir zu Besuch nach Syrien fuhren, waren wir an der Grenze. Hinter uns war ein Auto, das vorbei wollte und weil es Stau gab, haben sie einfach auf die Autos geschossen, das war ein Schock für mich. Zum Glück ist uns nichts passiert. Das Schlimmste war, dass mein Vater immer ohne uns nach Syrien fahren musste, um seine Arbeit ab und zu weiter zu machen. Nach anderthalb Jahren haben wir uns dazu entschieden, nach Deutschland zu fliegen, um eine bessere Zukunft zu haben. Nochmal musste ich mich von meinen Freunden verabschieden. An meinem elften Geburtstag habe ich eine Abschiedsfeier gemacht. Nach einer Woche flogen wir dann nach Deutschland. Am Anfang war es sehr schwer für uns. Und nach einem Jahr sind wir nach Syrien geflogen. Es war an Sylvester. Es war so schön meine ganze Familie zu sehen, aber es war gleichzeitig auch sehr traurig, da wir uns wieder verabschieden mussten. Das war Anfang 2015.

Als ich in Syrien war, habe ich mich sicher gefüllt, auch wenn der Krieg da war, ich habe mich trotzdem sehr wohl gefühlt, weil es einfach meine Heimat war. Es waren diese kleinen schönen Momente und Erinnerungen.

In meinem Text habe ich nur geschrieben, wie sehr ich Syrien mag und vermisse. Und wie es so war. Aber trotzdem bin ich hier in Deutschland sehr glücklich und ich bin Deutschland auch sehr dankbar. Ich habe hier in Deutschland neue gute Freunde gefunden, die mich immer unterstützen und für mich da sind.

Aber egal wie viele Länder ich wechseln werde, Syrien wird immer meine Heimat bleiben, die ich sehr vermisse. Ich vermisse all diese Leute, Familientreffen. Und vor allem meine Heimat.

Nelio Andersen

Heimat, Digga (Rap)

Hamburg, ist das nicht diese Stadt,
die so'n mega fett'n Hafen hat?
War das nicht die, wo immer wieder Schiffshupen dröhn'
und ein' Einkaufspassagen so richtig verwöhn'?
Die, wo überall so Wasserträger rumsteh'n,
die die Touristen als Attraktion ansehn?

Und fragt mich so'n Touri: »Na, wo kommst'n her?«
Dann antworte ich: »Das ist meine Heimat, Digga, yeah!
Hamburg ist meine Heimat, Digga, yeah!«

Und wenn ich dann in Schweden durch'n Wald geh'
und nichts als grüne Bäume seh',
dann denk ich, das ist zwar wunderbar hier,
doch die Innenstadtatmosphäre fehlt mir.
Aber Hamburg, meine Heimat, du bist so wunderbar.
Das war und ist und bleibt auch immer klar.

Und fragt mich so'n Touri: »Na, wo kommst'n her?«
Dann antworte ich: »Das ist meine Heimat, Digga, yeah!
Hamburg ist meine Heimat, Digga, yeah!«

Wenn dann über'm Hafen die Sonne untergeht
und goldrot am Himmel steht,
da denkt man sich doch, was ist das für 'ne Stadt,
die immer wieder neue tolle Stellen hat.
Dann grab' ich mir die Füße in den Sand
und denk: »Hamburg, ich reich dir meine Hand!«

Und fragt mich so'n Touri: »Na, wo kommst'n her?«
Dann antworte ich: »Das ist meine Heimat, Digga, yeah!
Hamburg ist meine Heimat, Digga, yeah!«

Und fragt mich so'n Touri: »Na, wo kommst'n her?«
Dann antworte ich: »Das ist meine Heimat, Digga, yeah!
Hamburg ist meine Heimat Digga ye, -e, -e, -eah!«

Helin Karim

Glück allein

Heimat – was bedeutet dieses Wort?! Heimat kann so vieles sein. Egal, ob ein Ort, eine schöne Kindheitserinnerung oder aber auch ein Mensch. (No matter if a place, a well childhood memory or a human.) Es ist individuell. Für mich bedeutet Heimat sich geborgen und wohl zu fühlen. Dort glücklich zu sein, aber dort auch traurig sein zu können. Das bedeutet für mich Heimat.

Es ist jetzt schon fünf Jahre her, aber es kommt mit trotz allem so vor, als wäre es gestern gewesen. Es waren die schönsten Jahre meines Lebens und ich hoffe, es werden noch viele mehr. Fünf Jahre, seitdem ich ein neues Kapitel aufgeschlagen habe. Fünf Jahre, in denen sich so viel zum Guten gewendet hat. Ich, ich bin das Mädchen, das nie wusste, was Heimat wirklich heißt, Claire Bennet ...
　　Mein Leben. Es war so eine Art Routine, täglich wiederholt ohne Änderung. (My life. It was like a type of routine, daily repeat but without a change.) Ich kannte nichts anderes. Mein Leben lang lebte ich schon in Hamburg. Versteht mich nicht falsch, Hamburg ist eine schöne Stadt. Wirklich. Aber mit fehlt der Charme. Das wohlige Gefühl, am richtigen Ort zu sein. Eines Tages, in einer Vollmondnacht, beschloss ich rauszugehen. Ich setzte mich auf einen zierlichen Baum in der Nähe von meinem Haus, schaute in den Himmel und wusste, es war Zeit einen Neustart zu beginnen. Mir war egal, wohin genau. Eines wusste ich jedoch genau: Irgendwohin, wo mich niemand kannte. Elegant stieg ich vom Baum und rannte förmlich ins Haus, dort packte ich alle meine sieben Sachen in meinen verstaubten, uralten Koffer. Grinsend wie ein Honigkuchenpferd auf Droge verließ ich das Haus. Ich wusste, dass es eine lange Reise wird, aber ich wusste auch, dass es sich lohnen wird. (It's a long road but it's worth it.) Mein Ziel? Meine Heimat, die mir sagt: »Hier gehöre ich hin».
　　Und tatsächlich, nach einer langen Suche bin ich angekommen. ich leben jetzt schon seit ungefähr fünf Jahren in Sydney. In meiner

Heimat. Ich bin so glücklich wie nie zuvor. (I'm so happy like never before.) Ich habe viele neue Freunde kennengelernt und arbeite hier als Grafikdesignerin in einer wirklich großen Firma. Ob man es glaubt oder nicht, ich hatte mein eigenes Happy Ende. Mein Herz hat mich hierhin geführt und ich will hier nie mehr weg. Es ist mein Schicksa! (It's my destiny ...)

Home, sweet home. (Trautes Heim, Glück allein.)

Felice Lohmann

Mehr Gefühl als Ort

Land, Landesteil oder Ort, in dem man [geboren und] aufgewachsen ist oder sich durch ständigen Aufenthalt zu Hause fühlt (oft als gefühlsbetonter Ausdruck enger Verbundenheit gegenüber einer bestimmten Gegend.) (DUDEN)

Wenn sich das Handy automatisch mit dem Wlan verbindet

Wenn man reinkommt, selbst wenn man keinen Schlüssel hat, weil man weiß, wo der Ersatzschlüssel ist.

Wenn du essen kannst, so viel du willst, nicht duschen, so lange du willst, tragen, was du willst, oder einfach gar nichts tragen, sagen, was du willst, und wenn du dann duschst, unter der Dusche singen, so laut du willst, weil du weißt, dass die Leute um dich herum dich schon so kennen, wie du bist, und irgendwie ja schon immer damit klargekommen sind.

Wenn jemand, mit dem du normalerweise nie sprechen würdest, plötzlich dein Seelenverwandter ist, nur, weil er das gleiche Team bei der WM anfeuert.

Wenn du von einem Touri gefragt wirst, wo es zur nächsten Tankstelle langgeht und tatsächlich weiterhelfen kannst...

...dann allerdings nicht die Namen der Straßen kennst, weil du den Weg schon so oft gefahren bist, dass du ihn im Schlaf kennst und die Straße einfach nur die ist, auf der man zur Tankstelle kommt und auf der du dich als kleines Kind mit dem Roller hingelegt hast und deine Lieblingshose ruiniert hast.

Wenn die Nachbarn auf ein Schwätzchen am Gartenzaun stehenbleiben.

Wenn du an einem Spielplatz vorbeifährt und sich daran erinnerst, wie man als Kleinkind heimlich unter der Rutsche in den Sand gemacht hat, als keiner hinguckte.

Wenn du im Urlaub bist und den Unterschied im Geschmack des Nutellas erkennst und dich über die Unpünktlichkeit der Leute aufregst.

Wenn du nie Sightseeing in der eigenen Stadt gemacht hast, weil du sie ja noch nie als Touri besucht hast.

Wenn Heimat Digga als Thema wie Arsch auf Eimer passt, weil du selbst gerade ganz schön weit weg bist und deshalb eine ganze Menge über das Thema Heimat zu sagen hast, weil man ja bekanntlich immer patriotischer wird, je weiter man von zu Hause weg ist und deswegen…

… ein gesperrter Elbtunnel besser als gar kein Tunnel ist.

Wenn man sich an das eine Mal damals in der Kneipe nebenan erinnert und wie du dich danach leider auf der Fußmatte übergeben hast, die Fußmatte jetzt aber immer noch vor deiner Tür liegt.

Wenn du NACH HAUSE kommst.

Mascha Metze

Fremde oder Heimat?

»... Meine Freunde vermisse ich schon, aber ich bin froh bei meinen Eltern sein zu können«, mit diesem Satz beendet er seine Geschichte. Und wieder einmal frage ich mich, was ich hier tue. Wo ich überhaupt bin. Das hier ist nicht Deutschland. Panik durchfährt mich. Allein, allein an einem fremden Ort, in einem fremden Land...

Obwohl: fremd? Dennoch kommt mir das alles hier merkwürdig vertraut vor und ich verstehe alles, was sie sagen. Ich fühle mich, als wäre ich schon mal hier gewesen, aber wann? Mit wem? Ich komme nicht darauf. Dieses Unwissen macht mich wahnsinnig. Doch es fällt mir einfach nicht ein, wo ich bin.

Irgendein namenloses Mädchen erzählt. Erzählt von ihrem ach so schrecklichen Leben. Moment mal. Dieses Mädchen kenne ich irgendwo her.

Jetzt fällt es mir wieder ein. Ich bin zu Hause, also das, was sie mein zu Hause nennen. Ein Ort, an den ich keine Erinnerung habe. Ein Ort, der mir fremd und gleichzeitig vertraut vorkommt. Ein Ort, an dem ich keine Freunde habe. Ein Ort, von dem ich nichts weiß.

Sie haben mich hierher geschickt, in meine »Heimat«. Anscheinend gehöre ich hierhin und nicht nach Deutschland zu meinen Freunden, meiner Schule, meinen Hobbys, einem gesicherten Leben und meiner Umgebung. Angeblich ist dies meine Heimat, mein zu Hause. Aber kann ein Ort, den ich nicht kenne, mein haltgebendes zu Hause sein? Für mich ist es nur ein Ort in irgendeinem Land, dessen Sprache ich beherrsche.

Ich bezweifle, dass ich mich hier jemals wohlfühlen, geschweige denn diesen Ort als meine Heimat bezeichnen werde.

Ich weiß nur, dass ich nie nach Deutschland, in meine Heimat, zurückkehren werde.

Aber ich frage mich, warum?

Warum werden jeden Tag in Deutschland geborene und aufgewachsene Kinder und Jugendliche abgeschoben? Abgeschoben in ein Land, in dem sie noch nie waren und dessen Sprache sie vielleicht noch nicht mal beherrschen.

Ich hatte alles und nun habe ich fast nichts mehr. So schnell kann es gehen, alles was mir bleibt sind meine Familie und die Erinnerungen, wie schön es mal war.

Von den Kindern hier werde ich geduldet, aber mehr auch nicht. Ich werde nie ein Teil ihrer Gemeinschaft sein.

Ich habe jedoch die Hoffnung, dass eines Tages nicht mehr die Menschen illegal sind, sondern die Tatsache, dass man Menschen in ein Land schickt, das sie nicht kennen.

Niklas Peper und Victor Weiss

Heimat? Was ist das?!

»Heimat? Was ist das?!«, fragte sich der elfjährige Jonny Jones jeden Tag.

Er lebte mit seiner todkranken Tante in einem Unterschlupf aus Kisten und Planen, den sie gebaut hatten. Dieser befand sich zwischen einem Wald und der angrenzenden Mülldeponie, von der er Sachen holte, um sich das harte Leben etwas leichter zu gestalten.

Wie er hieß und wann er geboren wurde, wusste er von Cheyenne, also seiner Tante. Was aber aus seinen Eltern geworden war und wie sie in diese aussichtslose Lage gekommen waren, konnte oder wollte ihm seine Tante nicht sagen.

Um sich versorgen zu können, ging er am Bahnhof in Austin, Texas betteln. Gegenüber anderen Bettlern hatte er einen Vorteil, da er noch ein Kind war. Vor den Polizisten hatte er aber Angst, weil Bettler nicht gerne gesehen wurden.

An guten Tagen beim Betteln, machte er dreißig Dollar, an schlechten wiederum nur drei oder an ganz schlechten sogar gar nichts. An sehr guten Tagen holte er sich sogar ein Stück Fleisch, das er sich an der selbst hergerichteten Feuerstelle mithilfe einer Pfanne, Streichhölzern, Brettern und Ästen, die er fand, briet. Viel sparte er auch für Medikamente, die seiner Tante helfen sollten.

Auf dem Weg zurück lief er an einer Gang, die sich die »COOL-KIDS« nannten, vorbei. Diese machten ihn immer traurig, da er auch so ein normales und weitestgehend sorgloses Leben wie sie führen wollte.

Nachts konnte Jonny immer nicht schlafen, da die Nächte gespenstisch auf ihn wirkten, und dies besonders im Winter. Die Sonnenauf- bzw. -untergänge über dem Wald bei wolkenlosem oder nur leicht bewölktem Himmel dagegen waren malerisch schön. Doch dies interessierte ihn nicht wirklich und der Winter stand vor der Tür.

Im Winter saß Jonny Jones häufig erkältet vor dem Bahnhof.

Und so passierte es einen schicksalhaften Tages, dass ein reicher Mann namens Mathiew Petterson mit seinem Spitz Coockie den durchgefrorenen Jonny sah und Mitleid fühlte. Er gab dem Jungen fünfzig Dollar und sagte zu ihm: »Hier mein Junge, kauf dir etwas Schönes.«

Jonny war so verwirrt, dass er nur ein: »Danke, … Sir … «, über die Lippen brachte.

Drei Tage später, als Jonny Jones wieder fiebrig vor dem Bahnhof saß, gab ihm Herr Petterson mit den gleichen Worten 50 Dollar. Diesmal konnte Jonny auch: »Haben Sie vielen Dank Sir, wie kann ich Ihnen nur jemals danken?«, sagen.

»Mit gar nichts außer Worten. Das reicht mir«, antwortete Herr Petterson.

So ging das bis zum 3. März 1993, als Mathiew Petterson zu ihm sagte: »Meiner Frau Angela habe ich neulich, als sie in meine Geldbörse geguckt hat, von dir erzählt und wir haben uns über dich unterhalten. Jetzt wollte ich dich fragen … wie heißt du überhaupt?«

»Jonny, ich heiße Jonny Jones.«

»Ok, Jonny, ich wollte dich fragen, wärst du damit einverstanden wenn wir dich adoptieren?«

Jonny antwortete verwirrt: »Oh … ähh … ja, gerne … Ich habe nur eine schwerkranke Tante … und ohne die möchte ich auf keinen Fall gehen.«

»Für deine Tante, werden wir sicherlich auch einen Platz in unserer Villa finden. Komm mit zum Auto!« Coockie bellte.

Fast alles war von da an anders. Sie waren beim Standesamt und Jonny war jetzt offiziell ein Familienmitglied der Pettersons. Seine Tante war bei Dr. Lightbridge, der sie in sechs Wochen wieder auf die Beine gekriegt hatte, in Behandlung. Durch ihn wollte Jonny Arzt werden. Er bekam Privatunterricht, den er erst ganz gut, aber dann immer langweiliger fand. Jonny Petterson fand schnell Freunde. Doch sein bester Freund war der Butler Michael, weil er mit ihm einfach alles machen konnte. Sein Lieblingsgetränk war Zitronenlimo, von der er aber nur Dienstag, Donnerstag und einmal am Wochenende, ein 0,3l-Glas trinken durfte, weil Frau Petterson meinte, dass sie ungesund sei. Sein Lieblingsgericht war Spaghetti Bolognese, von der er nie genug bekam.

Am 30. September hatte Jonny seinen Geburtstag. Es war ein wunderschöner Tag, vielleicht sogar der beste, den er je erlebt hat. Alle seine Freunde kamen und er bekam viele Geschenke. Doch das zahlreiche Erscheinen seiner Freunde machte ihn viel glücklicher als die Geschenke. Er und seine Freunde lachten, tranken so viel Limo wie sie konnten und spielten anschließend draußen im Garten. Zum Abendessen, gab es – na klar! – Spaghetti Bolognese. Alles war perfekt und Jonny hätte wirklich nicht glücklicher sein können, doch auch die schönsten Tage müssen irgendwann zu Ende sein.

Jonny dachte viel an seine Eltern, wie sie wohl hießen, wie sie aussahen, wo sie waren, warum er sie denn eigentlich so gut wie gar nicht kannte und ob sie vielleicht sogar tot waren.

Als er 16 war, war er längst allen davon gewachsen, doch immer noch fast so schmal, wie er es als Obdachloser gewesen war. Außerdem war er sehr schlau und klug geworden.

Jetzt setzte sich seine Tante auch endlich zu ihm auf die Couch und sagte: »Ich glaube, ich muss dir jetzt endlich erzählen was mit deinen Eltern passiert ist. Also dein Vater hatte eine Firma, die erst ganz gut lief, doch dann in den finanziellen Abgrund stürzte. Warum, kann ich dir nicht sagen. Er musste Insolvenz anmelden und er selbst war finanziell und körperlich auch am Ende. Also baten sie mich, du warst drei Monate alt, für ein paar Wochen auf dich aufzupassen. Das taten sie, weil sie nicht wussten dass ich selbst auch sehr hoch verschuldet war, da ich es niemandem gesagt hatte. Aber ich sagte trotzdem ja, doch sie kamen nicht zurück, und warum sie das nie taten, kann ich auch nicht sagen. Als ich dann krank wurde, wurde ich für arbeitsunfähig erklärt und das, was ich an Geld bekam, reichte nicht mehr und ich verlor mein Haus. Ich wusste nicht mehr wohin und, tja, an den Rest dürftest du dich ja erinnern.«

Dies war der größte Schock, den Jonny je erlebt hatte. Er war so geschockt, dass er nicht einmal mehr mitbekam, dass seine Tante

Cheyenne danach noch sagte, dass sie einen Job für sich gefunden hatte.

Jonny lebte noch drei Jahre bei den Pettersons. Er machte tatsächlich eine Ausbildung zum Arzt und arbeitete in einem Krankenhaus in der Nähe von den Pettersons. Er hatte eine Wohnung und mit finanziellen Problemen machte er keine Bekanntschaft. Er wurde schnell zum Chefarzt befördert und bekam ein Angebot aus Hamburg. Dort arbeitet und lebt der jetzt 26-jährige Jonny Jones bzw. Petterson mit seiner Frau Annette und seinem Sohn James heute. Er besucht die Pettersons mit ihrem Butler Michael und dem nun schon alten Spitz Coockie und auch seine Tante, die nun wieder eine eigene Wohnung hat, immer wenn es gerade möglich ist.

Jetzt weiß Jonny endlich was Heimat ist und vor allem was seine Heimat ist. Auch wenn er seine Eltern noch nicht gefunden hat und es vieleicht auch nicht wird, aber alles versucht um sie kennen zu lernen, ist er ein sehr glücklicher Mann, mit fast allem was er sich je gewünscht hat.

Dilara Polat

Heimat ist für mich

Heimat ist für mich wenn
der Geruch von Marmelade
durch die Fenster in die Häuser fliegt.

Heimat ist für mich wenn
die saubere Luft im kaltem Winter
durch dem Atem kriecht.

Heimat ist für mich wenn
Kinder auf den Straßen Spiele spielen

Heimat ist für mich wenn
der Regen auf meinem Kopf tropft.

Heimat ist für mich wenn
der Regen die Luft zum riechen bringt.

Heimat ist für mich wenn
meine Familie bei mir ist.

Heimat ist für mich
mein zu Hause in Hamburg.

Heimat ist für mich
wo ich mich zu Hause fühle.

Heimat ist für mich
wenn ich selbst gemachten Joghurt
essen kann.

Heimat ist für mich
wo meine Wurzeln her kommen.

Heimat ist für mich wenn
die Hühner im Garten anfangen zu gackern.

Daniel Preuß

Die verrückte Heimat

Ich war zu Hause auf meinem Hof in der Garage und habe versucht einen der beiden Traktoren zum Laufen zu kriegen. Doch plötzlich war draußen ein ohrenbetäubender Knall. Ich hatte mich erschrocken und legte mich auf den Boden. Als es nach abgebrannten Plastik und Feuer roch, habe ich nur geschrien: »Scheiße!« Ich bin rausgerannt und habe meinem Opa auf dem zweiten Traktor gesehen und schrie ihm zu: »Opa spring!!!«

Als er unten war und der Motor weiterbrannte, kam meine Oma mit einem großen Eimer Wasser und schüttete alles über den Traktor. Als der Motor zu brennen aufhörte, sind meine Großeltern und ich ins Haus gegangen, um erstmal etwas zu trinken und den Schreck zu verarbeiten. Danach sind mein Opa und ich zurück zum Traktor, um zu gucken, was kaputt war. Und das war sehr viel. Nach zwei Tagen hatten wir ihn repariert.

Doch schon eine Woche später passierte schon wieder etwas. Und zwar: Wir haben gerade Material für einen Schuppen transportiert, doch plötzlich sind wir stehen geblieben und mein Vater wunderte sich, warum wir stehen bleiben. Als wir immer schräger im Traktor saßen, haben wir gemerkt, dass wir in ein Schlammloch geraten sind. Papa hat dann Opa und das Auto geholt, um den Traktor rauszuziehen. Währenddessen habe ich im Traktor gewartet und hatte ein mulmiges Gefühl im Magen, als Papa und Opa mit dem kleinen Mercedes angefahren kamen. Schließlich haben wir es geschafft den Traktor rauszuziehen.

Abends haben wir ein Lagerfeuer gemacht und eine Ledercouch verbrannt. Später kam unser Nachbar rüber und meinte, er rufe die Feuerwehr, weil er dachte, dass unser Haus brennt. Doch wir brüllten zu im rüber: »Nein das ist ein Lagerfeuer. Und darauf liegt auch noch eine alte Ledercouch!« Das konnte unser Nachbar, der übrigens Abi hieß, nicht glauben, dass wir eine gute Ledercouch verbrennen.

Das ist für mich Heimat , wenn man das machen möchte was man machen will und wozu man Lust hat. Außerdem ist Heimat noch für mich wenn es witzig, gefährlich, gruselig und schön ist. Ich liebe die Natur und das Landleben. Um es genau zu sagen: Stade ist eine kleine Stadt in Niedersachsen. Sie ist meine Heimat und das soll auch so bleiben.

PS: Ich habe noch einen Traktor versenkt und auch noch vieles andere angestellt.

Fatima Ashraf Sami

Veränderungen

Würde man mich jetzt nach meinem Heimatland fragen, müsste ich überlegen. Klar kommen mir paar Sachen in den Sinn. Aber ich glaub nicht, dass Sie die Hunde-Geschichte oder die Autobomben-Geschichte hören wollen.

Nein, ich weiß, was sie wissen wollen. »Woher?« und »Warum?«, also woher ich komme und warum ich geflüchtet beziehungsweise ausgewandert bin.

Zwar sind das die Standard-Fragen, aber trotzdem muss ich überlegen. Nicht bei »Woher?«, nein, sondern beim »Warum?«, denn so richtig geflüchtet bin ich oder besser gesagt sind meine Familie und ich nicht. Ja, es gibt in meinem Land Krieg, aber zum Zeitpunkt meiner Flucht war meine Stadt (Bagdad) (noch) nicht betroffen.

Wir haben uns einfach dazu entschieden, ein besseres Leben anzufangen. Und eigentlich war es auch nicht »unsere« Entscheidung, es war die Entscheidung meiner Mutter. Die beste Entscheidung, die sie wohl je getroffen hat.

Meine Mutter ist der wohl intelligenteste Mensch, den ich kenne, sie nimmt kein Blatt vor den Mund und sieht das Gute im Menschen. Sie würde alles für ihre Kinder tun, das hat sie mit den Jahren bewiesen. Ich kann mich an den Stress und an die Angst, die wir hatten, nicht erinnern, aber meine Mutter schon. Ich bin echt froh, dass ich mich an die ersten Tage bzw. Monate im Heim nicht mehr erinnere. Ich erinnere mich noch ganz genau daran, als die Bestätigung kam, dass wir in Deutschland bleiben dürfen oder als wir in unsere erste Wohnung gezogen sind. Meine Mutter hat aus dem Nichts das wohl beste Leben für ihre Kinder aufgebaut. Meine Geschichte ist auch irgendwie ihre, denn klar, jeder kann tolle Geschichten über seine Mom erzählen, aber nicht solche wie meine.

Aber ich fang mal von vorne an...

Ich bin mittlerweile 14 Jahre alt, lebe in Hamburg-Rahlstedt bei meiner Mutter und meinem Stiefvater. Ich hab drei Brüder, zwei jüngere und ein älterer. Ich bin ein sehr stures, meist fröhliches Mädchen, das weiß, was sie will, und das auch meist bekam.

Als ich davon gehört habe, dass meine Mutter plant nach Deutschland zu ziehen, war ich überhaupt nicht damit einverstanden. Ich wollte nicht weg, ich wollte nicht meine Freunde und meine Familie inklusive meinem Vater zurück lassen, und schon gar nicht wollte ich all mein Spielzeug verschenken. Aber dass ich, ein Kind, nicht damit einverstanden war, interessierte niemanden. Meine Mutter fing an Geld zu sparen, unsere Sachen zu verkaufen und sich Geld von der Familie zu leihen. Und ich und mein kleiner Bruder mussten unser geliebtes Spielzeug verschenken, da wir nur das Nötigste mitnehmen, und wenn wir in Deutschland bleiben dürften, würde es mein Vater und mein großer Bruder mitbringen, wenn sie her kamen – das behauptete zumindest meine Mutter. Mein großer Bruder hatte nicht wirklich Lust auf den Stress, den wir erleben würden, und überredete meine Mutter dazu ihm bei meiner Oma leben zu lassen. Sollten wir Asyl in Deutschland bekommen, würde er nachkommen. Und mein Vater, der blieb, damit wir unser Haus nicht verkaufen mussten.

Ich kann mich an den ersten Flug erinnern, das erste Flugzeug in dem ich jemals war, ich war so aufgeregt und glücklich, bis ich meine Mutter ansah, der Angst und Nervosität ins Gesicht geschrieben waren. Sie dachte bestimmt daran, ob sie auch wirklich das Richtige tat, ob es das Richtige für ihre Kinder war.

Den ersten Flug überstanden wir und kamen im Iran an. Dort blieben wir eine Woche, bis wir den nächsten Flug nach Deutschland nahmen.

Eine Frage, die ich mir sehr oft stelle, ist: Was wäre, wenn wir im Irak geblieben wären? Wie würde jetzt mein Leben aussehen? wie würde ich aussehen? Und überhaupt, wie würde ich sein? Wäre ich das aufgedrehte »Miststück«, das ich heute bin?

Unser Flieger würde einen Zwischenstopp machen, bevor er nach Deutschland weiter fliegt, und zwar in Holland. Damals wusste ich nicht mal, wo die Niederlande liegen oder was es dort zu sehen gibt, aber eins war klar, ich wollte, dass wir in Holland ausstiegen und dann mit dem Zug nach Deutschland weiter fahren. Als ich meiner Mutter meine grandiose Idee mitteilte, schrie sie mich an und machte mir ganz klar, dass ich so etwas nicht zu bestimmen hätte. Ich war beleidigt. Ich habe es schon immer gehasst, wenn mich jemand anschrie und ich nicht das bekam, was ich wollte.

Daraufhin schlief ich schnell ein. Nach einer Weile wurde ich von der hastigen Stimme meiner Mutter geweckt. Bevor ich überhaupt richtig wach war, stiegen wir aus dem riesigen fliegenden Ding aus. Und das erste, was ich sah war ein riesiges Schild mit der Gravur »WELCOME«. Es könnte sein, dass da noch mehr drauf stand, aber das ist das einzige, woran ich mich erinnern kann. Es war so aufregend für mich und meinen Bruder. Alles, was ein Kind zum ersten Mal sieht, ist faszinierend und unbeschreibbar für Erwachsene.

Die nächsten Jahre geschah nicht viel. Um es kurz zu machen: Wir warteten einfach nur darauf, dass die Bestätigung kam, dass wir in Deutschland bleiben durften.

Es waren drei Jahre in Deutschland vergangen. Meine Mutter hat es geschafft, meinen Vater und meinen Bruder mithilfe eines Anwalts zu uns zu holen, wir lebten alle in einer sehr großen Wohnung und ich ging in die vierte Klasse. Es dauerte nur fünf Monate, da machte mein Vater einen Fehler, und der hatte gesessen. Wir übernachteten dieses Wochenende bei meiner Tante. Er schickte eine am Anfang noch harmlose Nachricht an meine Mutter, er schrieb ihr, wie sehr er sie doch vermissen würde und wie sehr er sie doch liebte. Und in diesem Satz, der wohl meiner Mutter bestätigen sollte, dass sie geliebt wird, stand nicht ihr Name, sondern der einer anderen.

Einen Monat später waren die Scheidungspapiere unterschrieben. Mein Vater zog aus und meine Mutter versank in Arbeit und Selbstmitleid.

Das änderte sich aber scheinbar über Nacht, denn auf einmal fing meine Mutter wieder an zu lächeln und zu kichern wie ein vierzehnjähriges verliebtes Mädchen. Damals wusste niemand, dass der Grund, warum meine Mutter wieder glücklich war, mein Stiefvater war.

Ein halbes Jahr später heiratete meine Mutter den Mann, den ich damals noch kein einziges Mal gesehen hatte, da ich nie zu Hause war, wenn er meine Mutter besuchte, und das war nicht oft, da es ein sehr langer Weg von Hamburg nach Köln war. Und das wollten sie ändern, also zogen wir zu ihm. Und mal wieder musste ich meine Freunde und mein zu Hause verlassen.

Aber ich fand neue und aus dem fremden Mann wurde schnell mein (Stief-)Vater.

Wir kauften uns ein Haus in Hamburg und bekamen sogar dieses Jahr den deutschen Pass.

Ich habe mich in den letzten Jahren verändert. Mir wurde mein Aussehen wichtiger, ich fing an Interesse an dem anderen Geschlecht zu haben und ich bildete mir meine eigene Meinung und meine eigenen Wertvorstellungen. Ob das jetzt gut oder schlecht ist, das weiß ich nicht genau. Aber eines habe ich in den letzten Jahren gelernt, egal was für eine große Veränderung du durchmachst, wenn du auf dein Herz hörst, bleibst du immer du selbst. Veränderungen sind ein Muss im Leben und du kannst sie nicht umgehen. Zwar ist es am Anfang ungewohnt, aber man gewöhnt sich daran. Ich habe auf mein Herz gehört, als ich meine Heimat verlassen habe, und ich habe auf mein Herz gehört, als ich mir ein neues Leben in meiner neuen Heimat aufbaute. Also sollte mich jetzt jemand fragen »Woher?«, antworte ich ganz klar: Deutschland und Irak. Denn da ist meine Heimat, da ist meine Familie, und da ist auch mein Herz.

Anna Schärtl und Sophie El-Sayegh

Alle einsteigen

»Nein, Mom, ich will nicht, das ist so fies!«

Oh, hi, ich bin Jamal und stecke gerade in ziemlichen Schwierigkeiten. Aber ich erzähle euch erstmal, was passiert ist.

Es fing alles ganz harmlos an: Mom und Dad wollten mit mir reden: »Schatz, komm runter, dein Vater und ich wollen etwas mit dir besprechen«, rief Mom die Treppe rauf. »Noch eine Minute«, antwortete ich. »Okay, aber beeil dich!« Nach ein paar Minuten kam ich die Treppe runter. Mom und Dad saßen mit ernster Miene am Tisch und diskutierten. Als sie mich bemerkten, verstummten sie plötzlich. »Ja was ist denn?« fragte ich besorgt. »Setz dich bitte, Junge«, sagte mein Dad. Ich setzte mich zu ihnen. »Wir müssen mit dir reden«, sagte meine Mutter, »dein Vater hat ein neues Jobangebot bekommen.« Erst freute ich mich, doch dann bemerkte ich, dass sich außer mir niemand zu freuen schien. »Was ist denn das Problem?«, fragte ich ohne meine anfängliche Freude. »Die Arbeit ist in Stuttgart, Jamal!« Sämtliche Farbe wich aus meinem Gesicht. »Was!«, rief ich empört, »aber hier sind doch alle meine Freunde, ich kann hier nicht weg! Außerdem bin ich doch gerade so gut in der Schule.« Ich merkte, wie sich ein weißer Schleier vor meinen Augen bildete. »Das ist meine Heimat, Digga.«

Meine Eltern waren entsetzt, wie ich mit ihnen redete! Meine Mutter brach in Tränen aus. Das war zu viel für mich. Ich rannte aus dem Raum, hoch in mein Zimmer und knallte die Tür hinter mir zu, verschloss sie und warf mich aufs Bett.

Nach einer gefühlten Ewigkeit klopfte es an der Tür. Ich wischte mir die Tränen aus dem Gesicht und machte die Tür einen Spalt breit auf. Eine zittrige Stimme fragte, wie es mir ginge. Es war meine Mutter. Ich versuchte, meine Traurigkeit und meine Tränen zu unterdrücken. »Ich will mit niemandem reden«, antwortete ich, und knallte die Tür wieder zu. Ich horchte eine Weile an der Tür, bis ich keine Laute mehr hörte. Dann schlich ich mich aus meinem Zimmer, selbst nicht sicher, wohin mich meine Füße trugen. Ich sah, wie meine Eltern am Küchentisch saßen und mein Vater versuchte, meine noch schluchzende Mutter zu trösten. Ich schlich an ihnen vorbei durch die Haustür in den Garten. Meine Füße wurden immer schneller, vom Schleichen zum Rennen, schneller und schneller. Zum Glück hatte ich mein Portemonnaie eingepackt, ich rannte zum Bahnhof. Ich blickte mich um und überlegte, ob dies wirklich die richtige Entscheidung war. JA oder doch NEIN, mein Herz war dagegen, doch mein Kopf und Verstand sagten JA. In diesem Moment rief der Schaffner meine Zugnummer und aus dem Mikrofonen ertönte: »Alle einsteigen!« Als ich schon fast im Zug war, drehte ich mich um, es war doch nicht die richtige Entscheidung abzuhauen.

Ich lief zurück nach Hause und sah einen Streifenwagen vor unserer Haustür stehen. Ich rannte zur Tür und klingelte Sturm. Ein verdutzter Polizist öffnete mir die Tür. Schockiert fragte ich: »Was ist denn hier passiert?« Doch der Polizist hatte mich schon am Arm gepackt. Er brachte mich zu meinen Eltern. »Ist das Jamal?«, fragte er. Meine Mutter machte große Augen. »Ja, das ist er«, sagte sie seufzend, und mein Vater meldete sich erleichtert zu Wort: »Dann können wir ja jetzt nach Stuttgart.« »Nein, Mom, ich will nicht, das ist so fies!«

Und nun sind wir wieder in der Gegenwart. Meine Mutter bringt ein winziges Lächeln zustande. »Ich will ja auch nicht weg, aber da dein Vater der einzige Berufstätige in dieser Familie ist, muss er Geld verdienen. Und dieser Job wäre eine gute Finanzquelle. Es wurde uns an nichts mehr fehlen.« Ein paar Minuten ist alles still. Dann bricht mein Dad die Stille: »Ich kann mich ja nochmal nach Jobs hier in Hamburg umsehen.« Ich starre meinen Dad an: »Danke, Dad, du bist der Allerbeste!«, sage ich voll Freude. Auch meine Mutter strahlt von einem Ohr bis zum anderen. Dann fallen wir uns in die Arme. Wir sind wieder eine glückliche Familie.

Zeitfracht Medien GmbH
Ferdinand-Jühlke-Straße 7
99095 Erfurt, Deutschland
produktsicherheit@kolibri360.de